生命与时代的交响

王蒙《笑的风》评论集

温奉桥／编

作家出版社

目 录

采访记录

深度对谈

《笑的风》致读者

王 蒙

二〇一九年七月八月，我写完中篇小说《笑的风》近八万字。同年十二期发表于《人民文学》杂志。杂志卷首语特别提到，此作“是一篇显然具有长篇容量的中篇小说”。

二〇二〇年一月、二月，《笑的风》分别被《小说选刊》与《小说月报》选载。

同时出现了一个在我写作史上前所未有的情况，发表与选载后的小说，把我自己迷上了，抓住了。我从发表出来的文本中，发现了那么多蕴藏和潜质，那么多生长点与元素，那么多期待与可能，也还有一些可以更严密更强化更充实丰富的情节链条因果、岁月沿革节点与可调整的焦距与扫描。这些，等待我的修饰，等待我的投入，中篇小说文本它拽住了我，缠住了我，要求着与命令着我，欲罢不能，难舍难分，欲原样出单行本而不能，我必须再加一大把劲，延伸，发挥，调节，加力，砥砺，制造一个真正的新长篇小说，姑且称之为《笑的风·长篇版》，甚至于我想到本书可以题为《假如生活欺骗了你》。请读者帮我出主意，如果再版的话，叫什么好呢？我又用了两个月时间，用了只重于大于而不是轻于小于夏季原作的力度，增写了近五万字，一次次摆弄捋理了全文，成为现在的文本。

“高龄少年”写着，改着，发展着，感动着，等待着，也急躁着，其乐何如？其笑其风是什么样子的了呢？

（原载《笑的风》，作家出版社 2020 年 4 月第 1 版）

文学的风

评论者说

王蒙长篇小说《笑的风》：笑看历史　依旧青春

贺绍俊

沈阳师范大学中国文化与文学研究所教授

60 多年前，年轻的王蒙写出第一部长篇小说，取名“青春万岁”。现在，我才明白，他这是为自己许下的诺言呀！他也真的实现了自己的诺言。60 多年来，在王蒙的内心始终鼓动着青春的风帆，在王蒙的笔端也始终跳跃着青春的音符，他通过文学的方式让“青春万岁”在自己的身上成为了现实。当他 86 岁高龄之后，青春的再一次证明便是他酣畅淋漓地写起了爱情故事，继《生死恋》之后，他的又一部爱情小说《笑的风》很快完稿，这一路上，王蒙情绪饱满，发力了又再发力，他说他“每一粒细胞，都在跳跃”，“每一根神经，都在抖擞”。我尊敬王蒙，我叹服他是不老的王蒙，但我很快就修正了我的想法，我不能将“不老”这样的词汇用在王蒙身上，因为他的每一颗细胞和每一根神经都洋溢着青春，他是青春的王蒙！

《笑的风》以农民子弟傅大成的爱情故事为主线，讲述了他六七十年来如何在时代大潮的推动、席卷和裹挟下成长为一名著名作家，并经历婚姻、情感的各种波折和变故的。故事线索简单明晰，但讲述这个故事只是王蒙写作的由头，一旦下笔（亦指敲击键盘），他大脑所有神经的闸门全部打开，才思从各个闸门不可遏制地喷涌而出，创造出一个由语言狂欢和想象盛宴构建的恢弘文本。我阅读这样的文本，有一种银河倾泻、飞瀑流泉、酣畅淋漓的痛快感受。这是典型的王蒙风格，过去我读王蒙作品时都会领略到，但在《笑的风》中，这种感受是如此强烈，它密不透风，它让人喘不过气来，见证了王蒙风格的无穷魅力。进入 80 岁高龄后的王蒙在文学写作上丝毫没有衰退的迹象，而是进入到出神入化的自由境界。因此他的特有风格得到最充分的表现。这种表现不仅来自他的语言天赋和想象力，而且来自他丰富的人生阅历和人生智慧。

傅大成的爱情来得很突然。当他还在读高中时，就被家长包办婚姻娶了农村姑娘白甜美，他与白甜美说得上是“先结婚后恋爱”的一对儿，他们有了自己的儿女，生活很幸福。但傅大成成为著名作家后，与作家杜小鹃有了自由恋爱的机会和愿望。经过一番周折，傅大成与白甜美离婚，与杜小鹃结婚了。但与杜小鹃生活了十余年后，傅大成还是与她办了离婚手续。最后傅大成来到白甜美的墓地，感慨良多。王蒙并没有孤立地写傅大成的爱情故事，他把傅大成的爱情之旅贯穿在共和国之旅之中。既有个人情感的“小我”，也有国家民族和时代的“大我”。王蒙也借助这一巧妙的构思，尽情地抒写了自己对于历史的认知和人生的感悟。而王蒙对于历史的认知和人生的感悟可以概括为一点，即乐观的人道主义。

有学者认为，“王蒙是一个伟大的人道主义者”，“人道主义是贯穿王蒙整个创作过程的最核心的东西，也是最具生命力的东西”（温奉桥语）。我非常认同这一评价，同时我还认为，王蒙在数十年的创作生涯中逐渐形成了一种独特的人道主义，这种独特性在他晚年的创作中更加突出和鲜明，我把它称为“乐观的人道主义”。从 20 世纪 50 年代初期开始文学创作起，重视人的价值，维护人的尊严，就成为王蒙小说的基本主题。但同时我也发现，王蒙的人道主义具有明显的乐观性。他是以一种积极和乐观的态度去观察世界、历史和人生的，乐观性也是他坚定的理想主义在人道主义精神上的具体呈现，相信理想终将成为现实，光明一定会取代黑暗。他在文学中热情张扬和讴歌人道主义精神，他善于发现人世间那些人道主义光芒，人道主义光芒也让王蒙的文字变得格外地明亮。“笑的风”，就是乐观人道主义带来的风。

王蒙以乐观的人道主义回望新中国 70 年的历史，看到了人民的力量和智慧。小说从 20 世纪五六十年代写起，这是新中国成立初期，人民当家做主人，王蒙写出了这一时期朝气蓬勃的时代特征。主人公傅大成也因为得到资助农家子弟的扩大招生助学金而重入校园，他迎着疾风一路高歌，考上外语学校，毕业后又到Z城成为一名边事译员。白甜美同样感受到朝气蓬勃的时代气息，她以一双巧手和高超的厨艺将一个家庭操持得温暖如春，让一直不满意包办婚姻的傅大成在听到儿子出口成章朗诵出“穿棉袄”的诗歌时，也心生愧意。对于“文革”十年的叙述，更显出乐观人道主义的独到眼光。王蒙写傅大成与白甜美一家成为Z城广交朋友的地方，大家在这里品尝白甜美精心做的美食，大家又相互帮衬，互通有无。王蒙赞叹道：“他们是真正的成功者，他们是能干的老百姓。”王蒙是将傅大成和白甜美看成是“文革”中的逍遥派来描写的。王蒙写道：“为什么出现了逍遥派，出现了那么多自由与任意、靠边站的不甘与靠边后的轻松如意，还普遍有了度假感娱乐感自主感……中国人民的顺水推舟的智慧哪个能比呢？”在王蒙看来，逍遥派就是人民应对那个动荡、荒诞年代的智慧方式，有了人民性的逍遥派，才有了社会“平实平稳平衡的三平”。傅大成和白甜美也就是在逍遥派的生活方式下“平安幸福地度过了动荡的年代”。80年代最重要的变化莫过于改革开放，人们的生活发生了变化，观念也发生了变化。这种变化也明显体现在傅大成与白甜美的身上。白甜美发挥自己的优势，开办了Z城第一家棋牌茶室，“小地方小人物小茶室随着历史的节拍而摇曳多趣”。傅大成的文学才华得到充分发挥，他融入文坛，感受着文学观念变化的风起云涌。王蒙还用详细笔墨描写傅大成的出国之旅，这既可以尽情展现傅大成与杜小鹃爱情的孕育和酝酿，也能直接反映国门打开后国人在外来文化的浸润下开启心智的时代之风。当然观念更新的结果不仅是文学的多样化发展，也使傅大成与白甜美离了婚。90 年代中国全面推行市场经济，经济发展的速度越来越快，人们生活的节奏也越来越快。“速成，所以，速灭。生活的发展，快得你眼花缭乱。”这时傅大成已与杜小鹃正式结婚，王蒙写他们的婚姻和爱情也卷入到快节奏之中，“随着全球化信息科技的进化而进化”，可是“大众化的同时还有肤浅化与闹剧化”，王蒙便感叹道：“发展的飞速使他头晕目眩了哟。”进入 21 世纪，傅大成的爱情也进入了沉着期，他为了让杜小鹃更好地与她早年遗弃的儿子一起生活，主动和杜小鹃办理了离婚手续。他有了更多机会对自己的一生进行反思。傅大成也像王蒙一样具有乐观人道主义精神，他在反思自己一生时显得十分潇洒，他觉得与古人和前辈们比，“我们就算活得有声有色的了，我们比古人差的不是环境也不是运气，是自己的本事、智慧和品质”。总之，王蒙为我们提供了一部内容丰富、信息密集的长篇小说，它既是傅大成从一个农家子弟到著名作家的成长史和爱情史，也是新中国 70 年成长壮大辉煌历史的一种充满明快和谑趣的变奏曲。

王蒙的乐观人道主义并非盲目乐观，并非只看到光明面看不到黑暗面，更不是说他因为乐观就放弃了文学应有的批判功能，而是说他从乐观人道主义出发会有另外一种处理黑暗和批判的方式。这种方式又与王蒙独特的文学风格构成了最佳状态的无缝对接。在共和国的历史进程中，我们遇到过问题，经受过挫折，这些问题和挫折也影响到傅大成的人生命运。王蒙写到这些问题和挫折时，采取了一种自我解嘲和戏谑的方式。如傅大成在 20 世纪 60 年代被批为有资产阶级和小资产阶级思想，在这种大环境下只能停止写作。但这倒是促成他在修理自行车上自学成才，靠为大家修自行车密切了与各方的关系。王蒙以自我解嘲的口吻说："家有图书腹有读书万卷，不如红尘俗艺随身，他就是'劳动创造世界'这一历史唯物主义根本原理的样板与形象代言人。"又如写到 80 年代初社会发生根本性变化，过去被禁止和压抑的各种文艺样式都能够充分展现时，王蒙又捎上一句："20 世纪后半世纪的中国，出来多少赤脚医生、赤脚作家，还有赤脚政治家啊！呵呵，而20世纪80年代后，也不知怎么的，赤脚诸君，都穿戴起靴鞋来了，或者悄悄蔫蔫地告退了呢。"短短一句话，却蕴含着非常丰富和深刻的历史反思性，看似戏谑的文字却透出一种思想的严肃。

王蒙一贯的、在 80 岁高龄后愈演愈烈的乐观人道主义有力地证明了王蒙是永葆青春的。也就是说，乐观人道主义是王蒙青春焕发的直接结果，乐观人道主义也最充分阐释了王蒙的青春内涵。我想就王蒙的青春内涵多说几句。王蒙是在新中国诞生不久开始写作的，当时他还不满 20 岁，一个是青春的王蒙，一个是青春的共和国，两个青春重叠在一起，王蒙内在生命的青春力在新中国朝气蓬勃的时代精神的灌注下获得了自然生理向社会心理的升华，使他的青春具有特定的精神内涵，它意味着信仰、信念和理想，意味着为理想而永不放弃地向前进。他于是写下了《青春万岁》，他写新中国成立后的中学生，心情是那么阳光，青春是那么飞扬，他们就是共和国和时代的象征。这种代表一个时代本质的青春内涵就凝聚在王蒙内心，哪怕命运不断遭遇挫折，思想困惑不断生成，但青春内涵难以从他内心抹去，只会变得越来越沉稳和成熟。新时期之初，王蒙的青春重新焕发，当时文学“解冻”，各种思潮各种观点纷至沓来，但王蒙以一个庄重的布尔什维克的“布礼”，再次擦亮青春的信念和信仰底色。在《活动变人形》中，王蒙揭示民族性格的痼疾，反思中国知识分子的弱点，青春则像一股潜流涌动在叙述背后，他由此撇去了青春表面的飞沫，让青春紧贴着大地。如今王蒙 86 岁高龄，青春更加轻盈，更加飞扬。因为在他的内心，信念、信仰和理想更加坚定，更加明晰，这一切在《笑的风》中得到了充分的展示。他为自己的青春而骄傲，其实也是在为自己一生坚守的理想而骄傲。他因为骄傲才变得如此乐观，为文学而乐观，为未来而乐观。王蒙喜欢普希金的诗歌，他在小说中多次引用普希金的诗《假如生活欺骗了你》。我想起普希金的另一首诗《预感》，诗中说：“是否让我骄傲的青春 / 以坚强的耐力 / 迎接它的来临？”这诗句用在王蒙身上再贴切不过了。王蒙的青春就是一种“骄傲的青春”，他以骄傲的姿态再一次扬起了青春的风帆。

（原载《文艺报》2020 年 7 月 8 日第 2 版）

兴来洒素壁，挥笔如流星

——评王蒙长篇小说新作《笑的风》

孟繁华

沈阳师范大学中国文化与文学研究所特聘教授、博士生导师

王蒙的小说《笑的风》，原本是发表在《人民文学》的一个中篇，后被多家杂志转载。王蒙说：“写完了却没放下，出现了一个在我写作史上前所未有的情况，发表后的小说又把我自己‘抓住’了。”于是，他“又花了两个月增写了近五万字，一次次摆弄捋理了全文，最终成为现在的‘升级版’”。或者说，《笑的风》有中篇和长篇两个版本。长篇小说《笑的风》（作家出版社 2020 年 4 月）是一部具有自叙传性质的小说。小说时间跨度从 20 世纪 50 年代末到 2019 年，通过傅大成的人生阅历，写了乡村、城镇以及北京、上海等世界上的很多地方；他写了爱情、婚姻，写了文艺，更写了时代。因此，这是一部内涵丰富且有新意的小说。傅大成的爱情和婚姻，按他那个时代的人来说，够得上“一波三折”。17 岁的高中生傅大成在夜晚回宿舍的路上，“听到了一缕春

风送来的女孩子笑声”，傅大成在情感方面隐隐约约地开了窍，后来他经历了两次婚姻。傅大成是文艺青年，他的才华和事业随着改革开放的春天而迎来了新生。他因文学上的造诣成了时代的宠儿，也就有了日后的北京、上海乃至欧洲之旅。傅大成的爱情、婚姻和文艺道路，都具有鲜明的时代性。从这个意义上说，《笑的风》既是小说，也是“大说”。王蒙的小说创作，从《组织部来了个年轻人》一直到《笑的风》，人物的个人命运都是时代风云际会的一部分，作品也都深切地反映了社会现实，随着时代的主潮而脉动。

事实上，《笑的风》的故事、情节和人物形象并没有多么特别之处。我觉得小说真正出彩或让人震撼的，还是王蒙的写法。个人经历未必体现个人选择的自由，如何书写个体生命的经验或心路历程，考验的是作家的视野、思想和笔力。《笑的风》写的是时代之风，是作家的心灵和精神之风。无论作家还是普通人，真正到了从心所欲不逾矩的境界，随处刮来的就都是“笑的风”。小说写了生活的辩证法，一切的获得，也都有另一面的失落，一切的留恋当中也都有困惑和心得。因此，小说更重要的可能是没有书写的那部分。得中有失，失中有得，代价中有获得，留恋中有失落。王蒙说：“一帆风顺带来的是更大苦恼，走投无路说不定造就了一往情深，如鱼得水。相濡以沫还是相忘于江湖？忘大发了会不会得抑郁症？发达大发了也会有后患，磨磨唧唧起来您反而踏实？历史带来的故事可能是云山雾罩，也可能是一步一个脚印，越舒服您越危险，越胜利您越困难，新进展必有新挑战，新名词必有新做作。写起故事来只觉俯拾皆是，再问问有没有更多更大更妙的可能，既有如实，岂无如意？有没有更精彩的如果，有没有更动人的梦境，有没有更稀奇的平淡与更风光的大摇大摆，更深沉的回忆与更淋漓尽致的滥情，山那边老农的话，迸出火星子了没有？更疼痛的按摩与更甜蜜的伤口，更不能拒绝的召唤……”《笑的风》可以说是“八面来风”，是“千磨万击还坚劲，任尔东西南北风”。小说中流淌的豁达、从容和不为所动的风范，应该是最感人的。比如到了新世纪，“杜小鹃的小长篇《孵蛋记》发表了，大成很激动，文坛反应平平，经过十余年的探索突破，见新不新，见怪不怪，各领风骚三五天罢了”。说的是对小说或名利的态度，也可以引申为对人生荣辱沉浮的态度。在接受采访时，王蒙坦言小说也可以叫作《假如生活欺骗了你》。这是大家都耳熟能详的普希金的诗。“假如生活欺骗了你”，首先是假设，即便真是如此，那么，接着诗人告诉我们的是：

> 不要悲伤，不要心急！
> 忧郁的日子里须要镇静。
> 相信吧，快乐的日子将会来临！

诗人要说的还是积极乐观的生活态度，而不是怨天尤人的仇怨或抱怨。那么，王蒙说也可以用“假如生活欺骗了你”当作小说题目，我们也就大体理解了他的意思。如果是这样的话，王蒙把该说的话都说了。事实上，任何作家的故事、人物甚至讲述方式，都密切联系作家的价值观和世界观，也就是对待生活和人生的态度。王蒙从当年的“少年布尔什维克”，到去年被授予“人民艺术家”国家荣誉称号，时光荏苒，但他的价值观和世界观没有变。“兴来洒素壁，挥笔如流星。”这是唐代诗人李颀赞赏书法家好友张旭的经典诗句。说张旭一时的诗兴大发，在白墙上写诗，挥笔自如，疾如流星。因此唐代三绝有“李白诗歌”“裴旻剑舞”“张旭草书”一说。借用李颀赞赏张旭的诗形容王蒙《笑的风》的写作风格，恰如其分。《笑的风》一如张旭的狂草，天马行空信马由缰，忽而如狂风大作，忽而如涓涓细流，黑云压城是怒不可遏，阳光明媚是风花雪月，笔走龙蛇是无法之法，从天而降亦有迹可循。就是这洋洋洒洒的话语之流，形成了王蒙多年未变的属于自己的小说风格。布封说“风格即人”。风格是作者全部智力机能的融合与活动产生出的审美感染力，是作者精神面貌的一种体现。说《笑的风》如张旭狂草，但作家王蒙并非狂放不羁。他语言的狂放，亦有节制。进一步说，是在收放自如间，所到之处是恰到好处，而不是无所顾忌一泻千里。这就是“兴来洒素壁，挥笔如流星”。

（原载《解放军报》2020 年 6 月 10 日第 12 版）

假如生活欺骗了你

——论王蒙的《笑的风》

王 干

《小说选刊》副主编

王蒙是当代中国当代文学一个巨大的存在，他的存在不仅是历史意义上的，还是现实层面上的在场。王蒙在文学史上的位置纵跨70年时间，成为共和国文学的一面旗帜，他的作品也成为共和国的一面镜子。无论是《组织部来了个年轻人》还是《青春万岁》，无论是《春之声》，还是《活动变人形》，都在文学史上烙下了深刻的印记。像王蒙这样的在文学史上声名显赫的作家，一般来说，都已经成为了沉寂的火山，尤其在他荣获共和国人民艺术家的殊荣后，已经是尘埃落定，快变成雕塑一样的人物了。当年的狂飙突进，到了老年渐渐平淡，或德高望重端详着年轻人的热闹。而这个被铁凝称为“高龄少年”的老作家王蒙还是一个活火山，依然保持着当年出道时的热情和汹涌，长篇小说《这边风景》获得茅盾文学奖，中篇小说《女神》重现当年《蝴蝶》《杂色》的风采，短篇小说《明年我将衰老》更是生命不息的咏叹调。2020 年出版的长篇小说《笑的风》，又给了读者一个惊喜，又像火山一样汹涌地喷发出《青春万岁》的热情，《活动变人形》的深邃，《女神》的优美和悲怆，是值得咀嚼和回味的难得之作。

《活动变人形》的"升级版"

长篇小说《笑的风》是一部由中篇小说扩展出来的作品，这在王蒙的创作史上好像还是第一次。王蒙自己向记者透露，《笑的风》在《人民文学》发表后，出现了一个在他写作史上前所未有的情况，"发表与选载后的小说，把我自己迷上了，抓住了"。他从发表出来的文本中，"发现了那么多蕴藏和潜质，那么多生长点与元素，那么多期待与可能，也还有一些可以更严密更强化更充实丰富的情节链条因果、岁月沿革节点与可调整的焦距与扫描"。这些令他欲原样出单行本而不能，"我必须再加一大把劲，延伸，发挥，调节，加力，砥砺，制造一个真正的新长篇小说，姑且称之为《笑的风·长篇版》，甚至于我想到本书可以题为《假如生活欺骗了你》。我又用了两个月时间，用了只重于大于而不是轻于小于夏季原作的力度，增写了近五万字，一次次摆弄捋理了全文，成为现在的文本"。

可以看出，王蒙对这篇小说的偏爱，也可以从"重写"

的热情看出来。那么《笑的风》为什么能让一个笔耕近70年的作家如此痴迷呢？小说讲述了作家傅大成60年的人生遭际，尤其和白甜美、杜小鹃的婚恋故事，展现了60年的时代风云际会，王蒙自己解释说，"《笑的风》内容多，留的余地也较多。你可以理解为是风送来的笑声，也可以说风笑了，也可以说笑乘风来，也可以说风本身是笑的"。

细读小说，发现《笑的风》是一部傅大成的成长小说，也是他命运的交响曲。可以说是傅大成的回忆录，也可以说是傅大成的忏悔录，还可以说是傅大成的反思录。作为王蒙小说的忠实读者和追踪者，我发现《笑的风》是有某种基因传承的，可以说是他30多年前长篇小说的续写，或者是升级版。《笑的风》是继《活动变人形》之后的又一部关于家庭婚恋的穿越时空的长篇小说。

《活动变人形》是王蒙创作史上一座里程碑式的作品，尽管发行量不如《青春万岁》那么火爆，但《活动变人形》的内涵和艺术造诣是当代文学的巅峰之作。2018年举办的"改革开放最有影响力的40部小说"，《活动变人形》入选其中，和《白鹿原》《平凡的世界》等并驾齐驱。《活动变人形》的主题至今看来还是没有得到"解决"，留学归来的倪吾诚与妻子静宜的婚姻生活是痛苦的，是不幸的，倪吾诚接受了现代文明的影响，追求的是浪漫精神生活，而妻子静宜作为地主的女儿，深受传统文化的影响，恪守着与倪吾诚不同的农业文明的伦理，两人"三观"的差异，带来诸多的冲突。两人上演一场场恐怖的家庭战争，吵架，出走，离婚，悲剧结束。小说写到新中国成立前戛然而止。很多人同情倪吾诚，也有很多人同情静宜。毕竟追求幸福的爱情，追求完美的婚姻，都是人的权利和本能。曾经有读者说，如果倪吾诚追求到又浪漫又温馨的爱情生活，倪吾诚会幸福吗？很多人希望读到《活动变人形》的续编。王蒙当时工作繁忙，没有否认，也没有表示要续写的意图。

《笑的风》前半部分傅大成的婚姻生活和倪吾诚极为相似，过着没有爱情的婚姻，没有激情和灵感。大自己五岁的白甜美俊美，干练，除了话少以外，其他几乎没有什么缺点，但“文学青年”傅大成觉得这样的生活太枯燥了太没有诗意了。改革开放以后，遇到他理想中的“爱人”杜小鹃，那个在夜色中传来银铃般笑声的杜小鹃，让他寝食难安、朝思暮想的天使，两人相爱了，后来傅大成顶着各种压力，毅然决然和原配妻子白甜美离婚了，哪怕白甜美以死相拼，傅大成也义无反顾。应该说，当年倪吾诚向往的理想的爱情生活，傅大成实现了。婚后的生活也是热情、和谐，充满了诗意和艺术。但是，时间长了，美好的爱情好像不容易保鲜，而离开白甜美之后，傅大成反而经常会想起她的种种好处。在和杜小鹃度过了激情燃烧的岁月之后，随着杜小鹃南下广州照顾孙子，两人婚姻再次出现了危机，傅大成又与费尽万千磨难才得以终成眷属的杜小鹃离婚了。这一次离婚没有与白甜美的离婚惨烈，两人都很平静，傅大成回到小渔村去祭拜前妻白甜美，人生的困惑随着当年诗歌《笑的风》带来的困扰更加难以释怀。

《笑的风》可以说是作家傅大成一生的回忆录，他从一个渔村的普通孩子成长为一个知名作家，之间经历了太多的曲折，因为《笑的风》这首诗歌遭遇到的悲喜剧让他一生波澜起伏，山穷水复，峰回路转，柳暗花明。尤其小说里写到他修自行车的“手艺”高超时，让人产生了很多黑色幽默的联想。《笑的风》又是傅大成的反思录，因为不平凡的一生，尤其经历了两次冰火两重天的婚姻生活的波折，傅大成原本以为的价值观尤其爱情观越来越陷入困惑，白甜美健康俊美勤劳善良，但两人思想无法对话，缺少“爱情”的火花，杜小鹃敏感、细腻、轻灵、多情，容易迸发出激情和灵感，但时间久了，两人的隔阂逐渐加深，尤其是杜小鹃的私生子出现之后，作为母亲的杜小鹃被亲情灌满，傅大成被冷落，最后也只能以分手结束。自由与恋爱、婚姻与幸福在什么样的维度上才能体现真正的意义和价值？傅大成一生追求的爱情幸福在实现以后，反而陷入了更大的困惑，他愈加思念失去的白甜美，内心产生了更多的愧疚和不安。这让《笑的风》又成为傅大成的忏悔录，尤其小说的后半部分，傅大成和杜小鹃的情感陷入新的危机之后，傅大成对白甜美的优美品质更加怀念，更加追思，“每想起白甜美，他只想五体投地，叩头流血，哭死他这个姓傅的”。怀念追思的过程，让傅大成产生了忏悔的情绪，小说里写道，“在梦里见到了甜美，她很富态而且含笑，她的话他听不清明，但是他听到了他的家乡的原装口音，土土的方言说过去以后，似乎又倾向普通话一些了，带点干部至少‘白总’的腔调了，这时她的嘴角上渗出了鲜血”。这是傅大成的梦境，也是他内心的恐惧和战栗，后来小说写傅大成跪拜在白甜美的墓前，写他的痛哭，无疑是忏悔和认错。笑的风变成了哭的风，爱情的风变成了忏悔的风。这大约出乎傅大成的意外，也出乎我们读者的意外。

对于新旧婚姻观的困惑在《活动变人形》中主要写双方的痛苦，倪吾诚是痛苦的，静宜也是痛苦的，而《笑的风》里傅大成因为得不到爱情的滋润而灵魂痛苦，可等他失去了白甜美之后灵魂依然痛苦，而和杜小鹃的火花四溅的爱情岁月之后，发现爱情也是会难以保鲜的，有时候还不如包办婚姻稳定和成熟。80岁的傅大成陷入人生的迷茫，古今中外那些关于爱情和婚姻的经典也解决不了他的困惑。从《牡丹亭》到《铡美案》，从笑的风到哭的风，傅大成走过的岁月悲欣交集，难以言清。他在回忆中反思，在反思中忏悔，忏悔中有无尽的回忆。《笑的风》在某种意义上，也是倪吾诚的忏悔录，这对当年狂热追求新文明的倪吾诚来说始料未及，对作家王蒙来说也是始料未及，对读者来说，更是始料未及。时间改变不了人的记忆，却能够销蚀人很多的情感质地。

对现代性的索求和追问

王蒙曾经考虑将这部小说命名为《假如生活欺骗了你》，这是从傅大成的视角作为出发点的，而现在用《笑的风》则是出于作家的客观的视角。王蒙在这部小说里，其实潜藏着这样的潜台词，假如爱情欺骗了你？假如婚姻欺骗了你？假如生活欺骗了你？甚至，假如文学欺骗了你？怎么办？傅大成应该是属于被生活馈赠丰厚的作家，但他同时又是被生活欺骗戏弄很多很深的作家。从那夜银铃般的笑声开始，生活就像恶作剧一样，戏弄着傅大成，给你欢乐的同时，给你痛苦，给你苦难的同时，又给你希冀，给你甜蜜家庭的同时，却伴随着无爱的煎熬。之后，痛苦的离婚，愉悦的新婚，新的生活带来的永远是新的体验，而新的体验里还泛起陈旧的烦恼，这些过了时的烦恼比新的体验更为顽固，也更为尖锐，乃至有了更新的体验时，那些陈旧的烦恼还是挥之不去。

我们在《笑的风》里看到了傅大成对“现代性”的追求，但现代性带给傅大成的困惑甚至脆弱也同样煎熬着傅大成。“现代性”是近年来困扰学界的一个历史性的话题，改革开放以后对现代性的争论也一直没有停止过。关于现代性的说法很多，定义也颇为复杂，在我看来，现代性是相对于古代性而言，或者说，它是农业文明之后的又一个文明形态，经历这种形态的转换产生的心理眩晕是必然的。傅大成这些年的悲欢离合都是“现代性”所赐。

中国是一个农业大国，农业文明有着沉淀深厚的土壤，近代以来对现代性的接受与反接受、传播与反传播一直是文学挥之不去的主题。而婚恋的主题也一直是作家和热心读者关心的母题，从丁玲《莎菲女士的日记》到张洁的《爱，是不能忘记的》，从鲁迅的《伤逝》到王蒙的《活动变人形》，都通过婚恋这样的题材来表现现代性与中国土壤交融的艰难与困顿。倪吾诚的痛苦在于他的现代性没有实现，而静宜的痛苦在于她受到了倪吾诚现代性的“压迫”。

傅大成和杜小鹃或许代表的是某种现代性，而白甜美代表的则是某种乡土文明，穿行在现代文明和传统文明之间的傅大成在饱尝爱情的悲欢离合之后，选择和判断愈发彷徨。

这就是傅大成老觉得普希金的诗歌《假如生活欺骗了你》非常吻合自己的心境的原因所在。

傅大成的被欺骗感来自何处？这要从傅大成的理想主义说起，作为接受过现代性启蒙的傅大成，傅大成想象中的理想生活是预设好的，就像傅大成想象有一个理想的婚姻和理想的爱情一样，这就是幸福的实现。但生活的轨迹没有按照这个蓝图去实施，傅大成的精神上有了被作弄的感觉，觉得生活在欺骗他，用一句现在很流行的话说，就是理想很丰满，现实很骨感。因为现实和设定理想蓝图的现实是不一样的。

19 世纪以来的人文主义思潮就是预设一个生活的理想格局，很多人都喜欢罗曼·罗兰的《约翰·克利斯朵夫》那样的理想主义生活。契诃夫说他的主题就是批判庸俗，批判小市民的庸俗，傅大成也是反庸俗的。与小市民习气作斗争，但作家不是生活在空气里，再美好的理想一落地就与初衷相距甚远。

现代性显然是一种理想的生活方式，觉得生活应该是这样的，不应该是那样的。傅大成无疑是带着理想主义的目标去选择婚姻的，但是父母包办的婚姻不是理想主义的，而是从生活实际出发的（在傅大成看来这无疑是一种庸俗），父母为傅大成娶了白甜美，所以理想主义的傅大成有挫败感，觉得生活“不真实”，觉得生活太庸俗，这就是现代性造成的焦虑。如果王蒙只是写傅大成的焦虑和痛苦，王蒙也只是《爱，是不能忘记的》的翻版。王蒙的伟大之处不在于写出了傅大成的没有自由恋爱婚姻这种挫败感，更重要的是写出傅大成在按照自己的理想蓝图和杜小鹃结合美满姻缘之后，他反而滋生出另一种被欺骗的挫败感。他和杜小鹃在希腊的旅游小岛上的对话，写出现代性的幻灭感。在希腊圣托里尼岛的小镇上，傅大成和杜小鹃关于自由、孤独、幸福的对话，其实是对现代性的一种追问。“他们边讨论边叹息了很久，他们的共识是，人不可以活得过分幸福，过分幸福的人不可能成材，不可能有内涵，不可能坚毅与淳厚，不可能有生活与奋斗的意愿乐趣，他们还分析，绝对的自由的代价往往是绝对的孤独。”

个性、自由和幸福，这是现代性的重要基石，也是傅大成理想世界的支柱。但他在获得了梦寐以求的自由和幸福之后，却对绝对的自由和幸福产生了怀疑。傅大成后来与杜小鹃离婚以后，更加产生了“被欺骗”的感觉，因为他追求的理想在实现之后，反而觉得更加失落，更加失重，傅大成的理想生活实现之后，最终是和自己的“理想”切割了，他和杜小鹃的分手，也是他现代性梦想的破灭，他又一次觉得被生活捉弄了，不是说好的“理想”吗？怎么如此脆弱呢？所以又回到了白甜美的“身边”，甚至要为她建立“婚姻博物馆”，完成她生前的设想。人生是如此的吊诡，爱是自由的还是孤独的？

现象学认为生活本身不带有某种固定的本质，本质都是我们加上去，对生活提炼的过程，而我们之所以觉得被生活欺骗了，或者被人生欺骗了，其实在于我们对生活一个理想的目标，或者本质的认可，在想象学看来，生活的本质全是源于我们的理念。生活是混沌的，生活不会欺骗谁或者厚爱谁。

但是生活的模样不是按照预设的方式存在，所以现象学大师马克斯·舍勒提出了“怨恨”在现代性伦理中的主要特征。这种怨恨是由于理想与现实的“不对称”造成的。现代性是预设好理想的蓝图，当生活远离了我们预设的轨道，觉得被欺骗了。当我们的人生模样没有达到这种预设，就会产生一种落差——假如生活欺骗了你。其实，生活没有欺骗任何人，生活的模样不是随我们的意愿随意设定和更改的，一种理想的生活模式作家可以去追求，但追求的过程往往比实现的时候更有价值和意义。何况傅大成在“理想”实现之后，在与杜小鹃的幸福生活之后，傅大成又产生了新的“怨恨”，觉得生活还在“欺骗”他。对现代性的索求和追问成为小说潜在的思想之波。鲁迅先生无疑是赞扬个性解放自由恋爱的，但唯一的爱情小说《伤逝》却是对“娜拉出走之后”的思考、生存的思考，王蒙《笑的风》后半部是《伤逝》在新时代的另一种超级书写。

这并不意味着王蒙对现代性的摈弃，王蒙小说还体现了对现代性的理解与呼唤。这也是王蒙的“复杂”之处，也是容易让人误解之处。反思现代性，反思现代婚恋，并不意味着对传统的无条件认同。在对待女性命运的关怀和悲悯上，王蒙可能要比一些女权主义还要深刻。在《女神》中他对女性的无限称赞和讴歌，在《活动变人形》中对静宜、静珍的同情和理解，而不是视为小市民或封建余孽加以无情鞭笞和批判，充分展示了一个大爱的胸襟和人道主义的悲悯。在《笑的风》中对白甜美和杜小鹃的平等叙述，而不是简单的褒抑，甚至比对傅大成还要更爱怜些。

小说的第二十五章《谁为这些无端被休的人妻洒泪立碑》体现了另一种现代性，他在小说中写道：“一连几天他昼夜苦想，他越想越激动，近百年来，中国多少伟人名人天才智者仁人志士专家大师圣贤表率善人，对自己的原配夫人，都是先娶后休的，伟人益伟至伟，圣人益圣至圣，善者自善修善，高人本高至高，而休弃的女人除了向隅而泣以外又有什么其他话可说呢？又能有什么选择？”倪吾诚、傅大成无爱的婚姻是生活的欺骗，而静宜和白甜美的痛苦于是来自何处呢？她们是不是也被生活“欺骗”了呢？现代性的要求是人人平等，人人个性解放，但现代性不会认可一个人的幸福建立在另一个人的痛苦之上，一群人的幸福也不能建立在另一群人的痛苦基础之上。王蒙之大，在于对现代性的深刻理解和本质阐释。

乘风破浪的语言之舟

王蒙是当代的语言大师。王蒙的文学语言带着鲜明的辨识度，我曾经将王蒙的小说叙述体称之为“王蒙流”。在《笑的风》里，王蒙语言的宽度、厚度和杂色完美地糅合在一起，达到了一个新的高度。

在语言的宽度上，《笑的风》是伴随着小说空间上的广度而展开，《笑的风》不仅写得很长，而且写得很广。这个长不是篇幅，《笑的风》15 万字的篇幅在今天的长篇小说体量中，只能是小长篇。我们觉得小说不短，是因为时间跨度长。小说从 1958 年的一个春夜的笑声写起，一直到 2019 年的春天才结束，横跨当代中国社会的 60 年，傅大成也从一个少年变成 80 岁的老年，中间历经了中国社会的各种政治风云、历史沧桑，命运也如过山车一样跌宕起伏，小说成功地勾画了这一时段的风俗、人心和语体，可以说完成了巴尔扎克所说的时代“书记官”的职能。

篇幅不长，但你会觉得《笑的风》容量比有些长篇还要丰富，是因为小说的空间很宽广。王蒙早期的小说《组织部来了个年轻人》《冬雨》都是在一个稳定的空间运转，即使长篇小说《青春万岁》的人物也在北京老城区的范围内活动。1978 年重新复出之后，“故国三千里，新疆二十年”的时空跨越和人生动荡，使王蒙的小说空间感凭空扩展，从《春之声》开始，他的空间已经摆脱了早期的一维空间，而是扩展到多维空间，因而被人们美誉为“意识流”在中国的尝试，也开启了王蒙小说的新空间。在《笑的风》里，小说的空间从渔村到都市，从北京到上海，从中国到外国，从欧洲到美国，主人公的足迹随着笔会、旅行逐渐扩大，异国风情，多民族文化的呈现，可谓五光十色，构成了小说斑斓多彩的底色。

由于这些不同空间的存在，王蒙的语言在叙述这些不同空间时会下意识地融汇一些当地的方言和俚语，傅大成的 Z 城带着渔村的气息，甚至有一点东北味儿，而杜小鹃到了广州以后，语言也会带着粤味儿，至于京味儿就更不用说。小说中俄语和英语熟稔地运用，和人物的心理契合度极高，又带着鲜明的时代印记。可以说，在中国作家当中，如此高密度地使用中外语言的，很少有人能够做到。就这个意义上，《笑的风》也是一本语言的奇书。

另一方面，王蒙的语言又拥有一种厚度，拥有深厚的语言的底蕴，来自中国文化的底蕴。经常有人婉转地批评中国当代小说的“翻译体”现象，有学者甚至直言不讳地说袁可嘉等人的《西方现代派作品选》也间接参与当代新潮小说的写作。王蒙早期小说受到苏联的影响，但 80 年代以后摆脱了这些影响，形成了独具一格的“王蒙流”。而近来，由于深耕老子、庄子、孟子的哲学著作，让他的语言在底蕴上加浓了汉语的韵味，体现了充分的文化自信。《笑的风》里古语雅言信手拈来，一点也不别扭，也不会文白相间的“隔”，与寻根文学的做作和别扭相比，大相径庭。王蒙的奇妙之处，还在于他能及时捕捉到时下流行的语言，网上的新词咯嘣咯嘣地就蹦出来了。这对于一个年过八五的老人来说不只是心态年轻的问题，关键在于融入到小说里，和人物的命运休戚相关。

王蒙语言的宽度、厚度以及由此构成的彩虹般虎皮般的绚烂，常常以排山倒海的气势滔滔流出，但又顾及到人物的视角和人物的叙述。在《笑的风》里，叙述的视角多重出现，时而是作家王蒙的叙述，时而又是作家傅大成的叙述，既分又合，合合分分，分分合合，有时候又浑然一体，你中有我，我中有你。难分难解。仿佛是古代的庄子穿行在当代小说中，时而化蝶，时而人形。这种方式虽然之前王蒙也经常使用，但那些主人公与王蒙总有些距离，而傅大成的作家身份与经历，都是王蒙同时代人的缩影，是王蒙最熟悉最亲切的人，某些片段还融进王蒙自身的经历。所以说，《笑的风》的语言外壳是新世纪以来王蒙运用得最天衣无缝的一次。

当然，王蒙是一个小说里善于“化进”“化出”的作家，他迷恋小说的叙述，痴迷小说语言的魅力，但是他又不会沉湎于语言的囚笼之中，他会跳出“三界外”，像俯视人物的命运一样，俯视语言。王蒙小说里经常有这种出人意料的荡出一笔，看似离小说主要情节有些远，看似闲笔，但细细阅读起来，你会觉得是《红楼梦》里那种“草蛇灰线”“伏脉千里”的笔法。比如在小说的结尾，可谓闲笔，也可说是“神来之笔”，“大成在电脑上用王永民的五笔字型打‘悲从心来’四个字——DWNG，出来的是‘春情’二字”。

人们容易把他视为王蒙的机智和睿智，其实这种跳出“三界外”的思维，正是一种超越了现实的天地思维，如果“悲从心来”是一种目标、是一种既定的程序的话，那么你种下的是“悲从心来”，收获的却是“春情”，这是生活欺骗了你吗？如果你种下的是“春情”，可收获的却是“悲从心来”，这是生活欺骗了你吗？其实生活不会欺骗谁，就像土壤不会欺骗种子一样，只是我们的种子有可能选错，我们的种植程序可能出了问题，或者我们的种植者出了问题，才有那么多不正确的人生，或者被欺骗的人生。就像我们被语言欺骗，也欺骗语言一样。其实语言只是一条小舟，它不能带我们到何处去，而是我们自己要驶向哪里。

王蒙的语言之舟由于超负荷运转有时被语言吞没，甚至河流也被王蒙的语言吞没，变成了语言的海洋，最后王蒙也被语言吞没了，水可载舟亦可覆舟，浩浩乎，汤汤乎，语言之水天上来，乘风破浪无穷碧，小说小矣，语言大矣！小说总是灰色的，语言之树常青！

2020 年 7 月 8 日定稿于观山居

（原载《文艺报》2020 年 7 月 27 日）

另类“老年写作”·超文本·精神反刍·迟到的主题翻转

——读王蒙长篇新作《笑的风》

郜元宝

复旦大学中文系教授、博士生导师

一、另类“老年写作”

中篇小说《笑的风》8万字，完成于2019年夏，原载《人民文学》2019年第12期。该刊卷首语认为这是“显然具有长篇容量的中篇小说”，作者果然“又用了两个月时间，用了只重于大于而不是轻于小于夏季原作的力度，增写了近五万字，一次次摆弄捋理了全文”[①]，便又有了作家出版社2020年4月推出的《笑的风·长篇版》。本文主要依据这个“长篇版”。

小说极富传奇色彩，怪怪奇奇之人之事之言之想联翩而至，令人目不暇接。但主线只有一条，即20世纪40年代生人“傅大成”两次婚恋之苦乐啼笑与成败得失。“王蒙老

① 王蒙著:《笑的风·致读者》，作家出版社2020年版。

矣，写起爱情故事来仍然出生入死。王蒙衰乎？写起恋爱来有自己的观察体贴。”[①]《笑的风》主要特点就是依次呈现了老中青婚恋之不同况味，迥异于常见的小说只取某个年龄段作孤立描写。

我们不仅有“老中青”三代作家专门为孩子打造的“童话”“童书”“儿童文学”，也有一些“少年写作”，更不用说“常态”的“青春写作”与“中年写作”。据说目前市场上最欢迎“童话”“童书”“儿童文学”。媒体也频频炒作一些少年的文学天才。“青春写作”似乎已失去昔日荣光，所以喜欢抱团取暖。“中年写作”则据说最为成熟，堪作文坛中坚[②]。至于老年作家的“老年写作”虽偶有所闻，却总是掀不起大浪。七老八十仍不肯搁笔，这在许多人看来就未免有些多余和多事了。随着老龄社会突然降临，“中青年作家”思考如何对待老人，探讨老人还是不是通常意义上的“人类”，诸如此类的“老年写作”倒是大有流行之势。

《笑的风》乃是作家王蒙耄耋之年的倾情之作，属于标准的“老年写作”。王蒙站在老年人的立场，回顾青少年、中年，并直面当下的老年。这就弥补了 20 世纪 40 年代周作人所谓中国文学一大短板，即缺少既为中老年所写，又讲到

---

① 王蒙著：《好的故事》(《生死恋》前言)，广西师范大学出版社 2019 年版，第 3 页。

② 陈思和著：《从“少年情怀”到“中年危机”——20 世纪中国文学研究的一个视角》，《探索与争鸣》2009 年第 5 期。

中老年生活、适合青少年但也（更）适合中老年阅读之书[①]。

提到老年作家的“老年写作”，读者容易想到的，要么是“老当益壮”，比如歌德 83 岁完成《浮士德》第二部，托尔斯泰 71 岁完成《复活》；要么直接想到特奥多·阿多诺的“晚期风格”的说法，即认定文艺史上经典作家的晚期作品往往就是灾难，比如果戈理临终前想烧毁他自己不满意的《死魂灵》第二部，贝多芬的晚期音乐作品备受争议。前一种情况是说某些伟大作家到了晚年，居然完成了一生创作的集大成式的总结与提高，所谓“庾信文章老更成，凌云健笔意纵横”（杜甫《戏为六绝句》），“庾信平生最萧瑟，暮年诗赋动江关”（杜甫《咏怀古迹》）；后一种情况是说某些伟大作家“老手颓唐”，大失水准，或者“衰年变法”未必成功，并且自然而然地流露出老年人才有的迟暮之感，以及老年作者所特有的某种失控与胡闹。这样说来，《笑的风》作为“老年写作”也很另类。虽然王蒙 2013 年就写了“散文诗式的短篇《明年我将衰老》”[②]，但七年后创作《笑的风》的心态依旧是“不知老之将至”，依旧没有“叹老嗟贫”的迟暮之感。读者自然不必将《笑的风》跟王蒙盛年之时那些代表作相比，也许某些方面有“衰年变法”的意味，却看不出明显的“老手颓唐”。写《笑的风》的王蒙依然那么激情四射，

① 参见周作人《老年》（收入周氏自编文集《风雨谈》）、《老老恒言》（收入周氏自编文集《药味集》）。

② 王蒙著：《〈页页情书〉序》，见《页页情书》，广西师范大学出版社 2020 年版，第 2 页。

挥洒自如。笔者曾经说过，王蒙是“平生文章不萧瑟”[①]。现在恐怕还要加上一句：“平生文章不蹇滞”。很难想象王蒙会出现陆机《文赋》所谓“理翳翳而愈伏，思轧轧其若抽”的那种构思艰难格格不吐的状况。

较之以往的创作，当然也并非没有变化。最突出的一点就在于，王蒙这部长篇尽管属于标准的“老年写作”，却很少写到老年作家似乎最应该写的人生的总结与超越，反倒写了似乎老年作家最不应该写的许多男女之间的恩恩怨怨。这显然也是有意为之。当王蒙将 2005 年至 2016 年陆续发表的 12 部中短篇小说结集出版时，所取的书名就叫《页页情书》!

一贯以“反思作家”著称的王蒙进入“老年写作”之后，为何“秋行春令”，特别关注起婚恋家庭的问题来了？回答这个问题之前，先且看看这部小说的文体特征。

二、超文本：小说 / 非小说 / 本色小说

倘若仅仅着眼于主人公傅大成婚恋家庭这条情节主线，作者顷刻可以写完，读者也顷刻可以读竟。但《笑的风》在婚恋家庭的主线之旁，还牵出傅大成作为 20 世纪 40 年代生人代表之一的丰富经历：令人目眩的起起落落、时来运转，一路凯歌与状态频出、鸡飞蛋打，最终一切归零。作者由此

① 郜元宝著：《平生文章不萧瑟》，《出版人》2017 年第 9 期。

展开了丰富的历史画面，摄录了1950至2019年70年海量的生活信息，也释放了隐含作者化身各种言说主体对这些画面与信息的感受、思考与议论——后者与小说故事的客观叙述平分秋色，打破了小说等于（或限于）讲故事的常规。

傅大成跟前妻“白甜美”及其一儿一女的原生家庭，傅大成与后妻杜小鹃以及杜小鹃41年后才得以相见的19岁时非婚生子杜立德（神童、海龟、院士）的偶合家庭，都始而美满，终于破裂。作者讲述两个家庭的故事既有交集，又分头推进，采用的是其一贯的狂欢体语言，包括精细、准确、贴近、舒缓、冷静客观的写实，也有不断闪回、穿插、跳跃、提速、热烈主观的意识流。感觉与梦境交融，理性与非理性错综，叙事与抒情议论杂糅，囊括了作者对70年中国社会生活的诸多启悟与迷思。

小说还充分调动了傅大成等人物所接触、所琢磨、所把握、所疑惑的各种知识谱系，包括中外古今文史哲艺（古典音乐、绘画、雕塑、民谣、流行歌曲）、社会科学、语言科学、自然科学与宗教信仰的教义与习俗。傅大成等人物与隐含作者对这些知识的引用、谈论、推敲、探究，天女散花般渗入小说叙述各个环节，构成小说与知识的全面互文关系。

小说和知识（学术仅其一端）的关系，因去年李洱《应物兄》问世而再度引发文学界热议。其实将广博的知识引入小说，这在中国小说遥远的开端便是如此，因为最初的小说不仅是“街谈巷议”，也有意补正史之阙，见作者之博识。到了魏晋志怪、志人和唐传奇则推波助澜，宋元明清话本、拟话本小说以及长篇的“讲史”“神魔”“人情”“讽刺”，因为儒释道三教同源与合流，各种知识在小说中的扩散更是变本加厉。清代甚至出现了鲁迅所谓专门“以小说见才学”的《镜花缘》之流。现代作家从鲁迅到钱钟书，以才学入小说或者以小说见才学，比比皆是。此后，正如王蒙20世纪80年代初所谓“我国作家的非学者化”[①]，这一小说创作现象才有所消歇。但是，在小说与各种知识谱系之间自由穿行，却很早便是王蒙的自觉追求，《笑的风》不过是一次更大胆的试验，它因此也就突破了作者自己所谓“青春作赋”与“皓首穷经”的先后秩序与形式界限，将文学与知识打成一片，造成一种是小说又非小说、非小说又恰恰是本色小说的“文备众体”的超文本[②]。

以文学史这门特殊“知识”形态为例，《笑的风》就频频提到鲁迅，涉及《风波》《孔乙己》《祝福》《肥皂》和杂文《宣传与做戏》等多部作品，从具体叙述情境出发，深入鲁迅作品细节，表达作者与鲁迅的对话与契合。这多少有助

---

① 参见王蒙《一个值得探讨的问题——谈我国作家的非学者化》一文，《读书》1982年第11期。

② 陈寅恪《元白诗笺证稿》第一章《长恨歌》结尾，提到唐代小说特点在于“驳杂无实”“文备众体”。《韩愈与唐代小说》一文则详加说明，“驳杂无实”乃张籍对韩愈的批评，“文备众体”引自赵彦卫《云麓漫钞》论唐人小说语：“盖此等文备众体，可以见史才、史笔、议论。”（《陈寅恪集·讲义及杂稿》，生活·读书·新知三联书店2002年版，第440—444页。）

于消除读者通常以为鲁迅与作者颇有距离、颇为隔膜、颇为对立的误会。在当代作家中，频频致敬鲁迅的不是别人，而恰恰是王蒙，这或许也会令一般读者甚至专业的学者评论家感到意外吧。

《笑的风》“致敬”的中国现代作家还有郭沫若、许地山（一部不太为人所知的许氏译作）、冰心、巴金（《家》《春》《秋》）与曹禺（《雷雨》）等，也指名或不指名地提到众多当代作家、批评家和艺术家如刘绍棠、张贤亮、张洁、韩少功、舒婷、冯骥才、李陀等，包括故意采用第三人称形式屡屡论及的作者本人。

但现当代作家在《笑的风》中出现的频率远不及中国古典文学，这中间就有作者用功甚深的《红楼梦》与李商隐，以及既是哲学又可当作文学来欣赏的老庄孔孟，更不必说作者尤为倾心的俄苏文学以及其他外国文学的大量作家作品——作者差点儿就借用普希金的诗歌名作，而将这部小说题名为《假如生活欺骗了你》。

《笑的风》因此保持了作者一贯的语言（同义语近义语反义语）过剩、精力感觉过剩、兴奋点多巴胺力比多肾上腺素过剩的无休止的“话，话，话”（王蒙 1990 年一则短篇小说的篇名）。八旬老翁傅大成跟也已经年逾七旬的杜小鹃吃“告别宴”（散伙饭），小说仍然写他们天上地下云山雾罩说个不停，不肯缄口沉默哪怕一秒钟。离婚之后两人甚至通过微信建起“外语桥”，频繁互动，不亦乐乎。那作为全书标题与“文眼”的“笑的风”，也被作者在不同场景予以反复阐释，充分发掘其可能的意蕴。

王蒙大多数小说叙述已然大大提速，信息密度已然大大增强，但《笑的风》犹嫌不足，更频频采用“年表”和文白夹杂、未必每首都精彩、却为普通散文体叙事所不可取代的“打油诗”，从而进一步增加密度、提升节奏。这种写法（包括“话，话，话”式语言热症）或许会招来读者疑惑与非议，但“年表”（大事记）、“打油诗”与主体叙事弥合无间，形成奇妙的和声共振，充分显示了作者善于不断调整叙述方式和叙述节奏的机智与应变技巧，至少避免了小说叙述因为始终只有一种节奏、一副面孔而流于单调乏味。

《笑的风》还专门探讨了文学与生活相互模仿的问题。文学源于生活，模仿生活，生活反过来也常常从文学汲取力量，也在模仿文学。傅大成从处女诗作《笑的风》开始的所有作品，杜小鹃的诗歌和小说《无法投递》《并不是情书》《只不过是想念你》《孵蛋记》，都显示了文学与生活相互模仿与迎面相撞。文学本来就是生活不可分割的一部分，描写生活的小说必然会循着生活所固有的逻辑而频频触及已然、未然、或然的文学。博学的小说家总会在自己的小说中左右逢源，顺着叙事脉络跟别的作家不期而遇。这是《笑的风》在讲述傅大成婚恋故事时经常涉及大量文学经典的原因之一。

作者特有的“博士卖驴式文体”也因此升至一个新台阶。比如，忽然中止狂欢化叙事推进，稍稍偏离正轨，兴致勃勃地描绘傅大成自行车修配之专业敬业，市民大众之热诚欢迎——晚近作品中可以与之媲美的类似日常生活的描写，还有《生死恋》追忆50年代煤球与蜂窝煤的交施并行、热心豪爽的单立红（“山里红”）请父亲（自来水公司工会干部）为可怜的同学苏尔葆（后来成了她丈夫）的大杂院改装“炊事用火与冬季取暖用热的合体供水与热力系统”，白甜美在匮乏年代善为无米之炊的天才及其应得的喝彩，以及白氏后来经营“相思茶室”的盛况空前。写傅大成、杜小鹃一行绕过苏联和东德而飞抵当时的西德，突然荡开一笔，大肆介绍东西德分治的冷战背景，并对我国彼时外交策略的灵活自如上下议论于其间。

早在20世纪80年代初期为《在伊犁》短篇系列所作《后记》中，王蒙就宣布他想写出小说味极浓的小说，但又以为真正的好小说乃是小说之外别的什么。《笑的风》再次呼应、实现了作者当年的创作理想，它是对作者以往探索的小说技艺、反（非）小说技艺却可能是真正本色的小说技艺的一次巡礼。

这是力图将生存内容全部敞亮、将神秘魔盒彻底打开的豁出去的极致化写作。凡事都要“说个溜够”。没事也要“冷锅里冒热气”，抽出某个话头，一发而不可收。看似取消语言的边际和深度，但因此也恰恰是在不断地找寻边际，试探深度。这是极端严肃而又极端游戏化以至于最终无所谓刻意严肃（端着）亦无所谓刻意游戏（玩世不恭）的维吾尔本色“塔玛霞儿”，是足迹遍布七大洲五大洋无数角落而思想语言触须伸向、侵入、光顾、窥探、领略人生百态的“说话的精神”[1]。

本色的小说非它，不过就是将所经历过的生活，尽其所能，痛痛快快再诉说一遍。不说话，无小说。不小说，毋宁死。王蒙也真是一个极致的、偏执到家的“小说人”了。

三、自我指涉的精神反刍

许多问题确实是再说一遍，也需要再说一遍。

熟悉王蒙小说创作历程的读者会发现，《笑的风》通过一系列精心的“挪用”、嫁接、拼贴、重组，改写或续写了作者以往小说的许多内容。或有删除、回避和弱化，或有增补、追记和强化，再与新信息、新材料、新想法、新说法杂糅配合。诸多旧作（也包括时间上稍早于《笑的风》的晚近作品）经过这一番改写与续写，最大的变化就是小说叙述焦点从广阔的社会生活与重大的历史事件转移过来，完成了一次“收视返听”，即不断指涉自我、回顾自我、诘问自我、超脱自我、肯定着亦否定着自我的精神反刍。

标题《笑的风》，是说主人公傅大成在中学时代一个春天的夜晚，偶尔从一阵风中听到美妙的笑声——来自某个不知名的异性，“所指”含糊神秘，稍纵即逝，无从把捉。“风

---

① 郜元宝著:《“说话的精神”及其他》,《当代作家评论》2003年第5期。

因笑而迷人，笑因风而起伏”，“第一次青春与春夜晕眩，奇妙，恐慌，甜美”，傅大成“两眼发黑，大汗淋漓，天旋地转”；风过（笑过）之后，他回味再三，不能自已，遂挥笔创作一首“关于春风将女孩儿的笑声吹来的诗”，题曰《笑的风》[①]。虽是未定稿，没有正式发表，却通过好事者的传抄不胫而走，傅大成甚至因这首诗歌而被有关方面定性为“格调不高，影响不好”[②]，一度受挫。但这次青春的偶遇竟成为主人公一生难以复制的奇遇，难以企及的高峰体验。他后来所有的失败与努力，喜忧苦乐，顺境逆境，都能追溯到这常留耳际的“笑的风”与未完成的《笑的风》，好像《布礼》主人公钟亦成之于他的诗歌《冬小麦自述》。但《笑的风》引出的傅大成的人生悲喜迥异于《冬小麦自述》所开启的钟亦成在政治上无尽的坎坷与反思。傅大成所有的只是一个略显文学才华的庸常之辈平凡的人生，以及他以自己够用的文学才能对这平凡人生的无穷感喟。

类似的构思手法，同时采用语法学上表示具体或抽象的“领属关系”的三字标题，王蒙至少还有中篇小说《秋之雾》（2005）以及短篇《夜的眼》《春之声》《海的梦》《深的湖》《心的光》《爱的影》《铃的闪》《夏之波》。这不能不说是一种偏爱，但用于长篇还是首次。

《笑的风》对作者以往小说的重温当然不止于此。许多

---

① 王蒙著：《笑的风》，作家出版社 2020 年版，第 2 页。

② 王蒙著：《笑的风》，作家出版社 2020 年版，第 4 页。

人物、情节与作者以往小说（包括若干晚近新作）也都若合符节，可以无缝对接。

比如，被傅大成强行离异的前妻“白甜美”，就很像《活动变人形》中被倪吾诚强行离异的姜静宜，以及创作时间上紧挨着《笑的风》的中篇小说《生死恋》中被苏尔葆同样强行离异的单立红（绰号“山里红”）。

姜静宜不那么“甜美”，也不像白甜美和单立红那样心灵手巧，“杀伐决断”。白甜美和单立红都深知傅大成、苏尔葆之所以对婚姻“到底意难平”，乃是因为没尝过自由恋爱的味道，姜静宜则始终不懂丈夫嫌弃自己的原因。白甜美、单立红最后都原谅了负心汉，姜静宜听到丈夫死讯，却犹自恨恨不已。但静宜和甜美、立红一样，不到万不得已都不愿拆散原生家庭，也反对周围人无节制地“败祸”丈夫。静宜、甜美都曾经因丈夫大病一场，悉心侍候，差点感动得丈夫放弃离婚念头，死心塌地做顾家男人。当然在闹得不可开交之时，她们也一样将失魂落魄的丈夫拒之门外，也一样与丈夫有过令人痛心疾首并最终使彼此关系急转直下的肢体冲撞与家庭暴力。就连白甜美和傅大成的出生地滨海鱼鳖村，也酷似倪吾诚紧邻渤海的故乡孟官屯。

《笑的风》女主人公之一杜小鹃在跟傅大成的婚姻转入“无趣”之前那种一意孤行、特立独行与我行我素，很像《青狐》的女主人公。傅大成与杜小鹃喜欢谈论、分析、品评认识与不认识的人物，由此构成夫妻生活一项主要内容，这也很像“季节”系列男女主人公以及《生死恋》中的顿开茅、王明光夫妇。至于傅大成、杜小鹃婚后参加的一次环地中海豪华游轮的旅行，则显然嫁接了跟《生死恋》同时发表的短篇小说《地中海幻想曲》(《上海文学》2019 年第 1 期)。

在主人公傅大成身上，读者依稀可见陈杲（《夜的眼》）、张思远（《蝴蝶》）、钟亦成（《布礼》）、岳之峰（《春之声》）、曹千里（《杂色》）、缪可言（《海的梦》）、翁式含（《相见时难》）、《在伊犁》中“靠边站”“逍遥派”的“老王”、倪吾诚倪藻父子（《活动变人形》）、郑仿（《失态的季节》）、钱文（《踌躇的季节》）、王模楷（《青狐》）、沈卓然（《奇葩奇葩处处哀》）——的影子。王蒙这些小说代表作的男主人公皆是清一色 20 世纪 40 年代生人，也都程度不同地折射了作者本人的生命轨迹。傅大成某些经历也从以往自传色彩浓厚的作品“挪用”而来，比如 60 年代中期至 70 年代末的边境 Z 城生活，“新时期”之初的西德之行。就傅大成与王蒙上述小说男主人公诸多相似性而言，他诚然就是鲁迅所谓“杂取种种人，合成一个”[①]，所以根本上又是他自己，而非上述王蒙小说任何一位男主人公的重复。

小说写傅大成是某省（非河北）滨海中学“大跃进”时代幸运的在校生，1961 年高中毕业考上省城外语学院，读书期间由父母包办，被迫与同样来自滨海鱼鳖村的白甜美结

① 参见鲁迅《〈出关〉的“关”》,《鲁迅全集》第六卷，人民文学出版社 2005 年版，第 538 页。

婚，过上了既幸福实惠又因为没有经过恋爱而感到仓促、勉强、冤枉憋屈的婚姻生活。1965 年高校毕业，傅大成分配到遥远的 Z 城做“边事译员”，情非得已，慢慢将白甜美和一子一女接来团聚。傅大成此后历次运动都在 Z 城以“逍遥派”身份安然度过，未遭任何冲击。1978 年年底因为在 Z 城文学刊物发表一诗一小说，跻身“新时期作家”行列，在文坛一路高歌猛进，也因此与白甜美离婚（并几乎与子女断绝关系），而与自由恋爱的女作家杜小鹃结婚。傅大成的二婚磕磕绊绊，苦乐参半，最终因为“无趣”而与杜小鹃协议分手，变成孤家寡人。

尽管傅大成的经历，有不少内容从作者本人“挪用”而来，但关键部分并无太多自传因素。这不仅因为傅大成结婚、离婚、再婚均与作者无关，更主要的还是他没有“少共”经历，不像王蒙以往小说众多更具自传色彩的男主人公那样充分政治化，也不再保持那种强烈而执拗的政治反思精神。经过一番嫁接、修改、重组而塑造出来的傅大成形象弱化（并非完全告别）了王蒙 20 世纪 90 年代之前众多小说男主人公的自传色彩，而与新世纪以来王蒙又一个小说创作高潮涌现的那些自传色彩并不明显、多半经过多次嫁接的男主人公自成一个谱系。这两组人物形象最大的区别在于，傅大成系列（包括《秋之雾》之叶夏莽院士、《奇葩奇葩处处哀》之沈卓然、《生死恋》之顿开茅和苏尔葆）人生反思的重点，均淡化了王蒙以往小说自传色彩浓厚的男主人公所坚执的历史政治反思，更自觉地转向基于日常生活经验的人情物理与文化传统的反思。

王蒙以往小说并不缺细致入微、亲切有味的日常生活描写，但往往被强烈的政治反思所掩盖，以至于在一些读者印象中，王蒙小说似乎主要写干部（文艺界居多），而缺乏百姓化大众化日常生活化，也就是不太“接地气”。除《在伊犁》系列和《活动变人形》之外，其他作品都不太有鲜明的“地方性”“风俗画”和日常生活的琐细描写，这就跟善于描写市井细民、五行八作、七情六欲、柴米油盐的汪曾祺一类作家处于两个极端。

其实这是只知其一，不知其二。辨析王蒙政治反思意识强烈的小说中日常生活描写（不分干部百姓的家庭伦理以及“吃穿用”诸多项目）的意味，会是一个十分有趣的话题，比如为何就连书写夫妻生活隐私的《木箱深处的紫绸花服》《色拉的爆炸》也要努力归结到歌颂十一届三中全会之后的大好形势？为何在《活动变人形》《在伊犁》中，日常生活更多的原汁原味就不会被念兹在兹的政治反思所冲淡，往往在送往迎来一饮一酌一草一木之间，引申出关于人生的无限感慨？

其实即使在王蒙那些政治反思的弦绷得很紧的“反思”小说中，一旦笔触落在某些不具有“反思”精神的人物身上，“地方性”“风俗画”和琐细庸常的日常生活气息也会扑面而来。比如王蒙反思小说高潮之一《相见时难》中美籍华人“蓝佩玉”名义上的后母杜艳在蓝父死后，跟那个“在五金交电二级站当采购员”“靠本事吃饭”的陈金才重组的家庭生活。如果说白甜美、单立红吸取了老舍的虎妞形象的某些元素，那么俗不可耐但同样“杀伐决断”的杜艳则仿佛老舍《四世同堂》中那个“大赤包”的投胎转世——她们的共同点都是完全落实到尘俗地面的拼斗厮杀与攫取享受。所不同者，王蒙在《相见时难》中对杜艳给予了明显的厌恶鄙夷，而在《生死恋》《笑的风》中对单立红、白甜美则给予了明显的同情与欣赏！

尽管《笑的风》关注日常生活细节时也并没有脱离时代氛围和社会环境，但重点已经从政治反思转移到人情物理和文化传统、文化惯性的反思。这是《笑的风》和同样写于新世纪的《秋之雾》《小胡子爱情变奏曲》《奇葩奇葩处处哀》《女神》《生死恋》等作品的共通之处。王蒙曾“感叹”他“确实是天生的文人气质，却又是少年共产党人，当干部，当作家，当‘右派’，当部长，当中委，当政协委员与专委会主任——太不像普通老百姓了。我这一辈子过得最亲民、最最百姓化的日子，除童年之外，就是‘文革’当中啦”[①]。如果说20世纪40年代在北京度过的童年和青少年以及60—70年代的新疆回忆包含更多日常生活情趣，由此催生出《在伊犁》和《活动变人形》，很大程度上是经历使然，那么新世纪以来的《笑的风》等作品写70年代以后的

① 王蒙著:《中国天机》，安徽文艺出版社2012年版，第170页。

故事而更多着眼于“百姓化”日常生活，就是作者有意为之的一种追求了。

正因为淡化政治反思而强化基于日常生活的人情事物与文化传统反思，这就使得傅大成越过“少共”人物系列，更加靠近不具有多少政治色彩的《活动变人形》主人公倪吾诚。尽管二人在年龄上处于父与子的位置，但他们所遭遇的困窘、所展开的思考、所发出的言论乃至最后结局，都如出一辙。

着眼于《笑的风》《活动变人形》这一内在联系，可以说傅大成虽然借用了倪藻之形与神（大致接近的年龄和高度重合的西德之行），实际上却更加承继了父辈倪吾诚的内质。换言之，傅大成人生悲喜剧一定程度上是他的父辈倪吾诚的故事的续编。倪吾诚、姜静宜的婚姻悲剧某种程度上几乎原样复制到傅大成、白甜美以及《生死恋》中的苏尔葆、单立红身上，而傅大成与杜小鹃将近二十年的二婚生活，也不啻补写了《活动变人形》语焉不详的倪吾诚同样以失败告终的二婚。

《生死恋》中的吕奉德 1955 年卷入胡风事件以及一桩里通外国案件而锒铛入狱，出狱后恢复工作和名誉，还由组织上配备过“助手”，这些细节都与倪吾诚的经历如出一辙。吕奉德高贵圣洁的妻子苏绝尘并非《活动变人形》中始终没有正面出场的倪吾诚第二任妻子，却很像跟倪吾诚有过恋爱关系的同样美丽高雅的“密斯刘”形象。但作者对吕奉德、苏绝尘这一代人毕竟已经没有多大兴趣，他们的故事几乎没有怎么展开，倒是吕奉德与苏绝尘的身份可疑的儿子苏尔葆的婚恋故事，跟傅大成一样，都酷似倪吾诚。倪吾诚中老年在50—80年代度过，傅大成中老年则遭遇了“新时期”与“新世纪”。傅大成的故事在时间上正好接在倪吾诚之后。苏尔葆与《王蒙自传》第一部《半生多事》所记倪吾诚原型王锦第先生二婚所生的孩子正巧都是1956年生人，因此苏尔葆的婚恋又是傅大成故事的一种接续。

可见进入新世纪，王蒙的兴趣中心，不再是“审父”，而要全面审视倪吾诚的下一辈甚至孙子孙女一辈的婚恋悲喜。《活动变人形》的许多细节都在三十多年后的《生死恋》《笑的风》中一一复活。比如傅大成、杜小鹃重新体验了《活动变人形》最后倪藻访问欧洲B城时一次刻骨铭心的玩“旋转秋千”和听“滚石乐队”的经验。“旋转秋千”后来写成了一首诗，还出版了以《旋转秋千》命名的王蒙唯一的新诗集。傅大成女儿阿凤与倪吾诚大女儿倪萍唱歌一样“你个人着”“你哏着”的恶誓，小女儿倪荷天生一副好嗓子，“会唱各种不同风格的歌曲”，“常常参加业余的演唱活动”，也何其相似乃尔！但《活动变人形》并未展开倪萍、倪荷的生活，《笑的风》则颇为全面地描写了傅大成女儿阿凤的人生。

所有这些，都体现了高度的历史连续性，也说明王蒙新世纪这几部作品内在联系十分紧密，是持续三十年之久的一组系列书写。如果不嫌年龄与年代微有出入，傅大成与杜小鹃分手之后的故事在《奇葩奇葩处处哀》早有交代——如果傅大成身体跟《奇葩》主人公沈卓然一样健壮而“尚可一闹”的话。《笑的风》结尾草草交代傅大成从故乡鱼鳖村找来白甜美远房堂姐做保姆式的“老来伴”，《奇葩》则大写特写沈卓然老年丧偶之后走马灯式的相亲与试婚。与倪藻、傅大成年龄相仿的《生死恋》中苏尔葆与单立红、苏尔葆与评弹演员月儿之间的婚恋悲剧，分明又是倪吾诚与姜静宜、傅大成与白甜美、傅大成与杜小鹃不折不扣的翻版。

这两代人、三对夫妻婚恋家庭悲剧的共同之处在于，妻子都任劳任怨、无私奉献且贤惠能干，丈夫则备受呵护、坐享其成，存在一种普遍的“阴盛阳衰”格局（单立红、白甜美可能局部吸取了老舍笔下虎妞形象的某些元素）。三位丈夫都因为结婚时没有尝过自由恋爱滋味而意有不平，都经过一番痛苦的左右摇摆和旷日持久的离婚诉讼，才最终与发妻离婚。结果或者与第三者重组家庭之后又关系破裂，或者第三者因心灰意冷（杜小鹃）而提出分手，或等不及而另嫁他人（月儿），总之最后都两头落空，沦为孤家寡人。倪吾诚、苏尔葆、傅大成都酷爱甚至溺爱儿女，都符合傅大成故乡“家庭伦理黄金定则”——“疼孩子就行”，但因为与发妻离婚，触怒儿女，又无法享受天伦之乐。他们都适合《活动变人形》中针对倪吾诚的一句判词：“他一生追求光荣，但只给自己和别人带来过耻辱。他一生追求幸福，但只给自己和别人带来过痛苦。他一生追求爱情，但只给自己和别人带来过怨毒。”

总之，《笑的风》在构思手法、人物心理命运与情节设计方面与作者以往小说上述种种同构与差异，说明王蒙这部长篇新作不断指涉自我的精神反刍，并非简单的重写旧作，而是实现了小说主题的一次根本性翻转——从20世纪80—90年代精英化政治反思转向基于百姓化大众化日常生活化的人情物理与文化传统的反思。而后一种反思的焦点最终又锁定了一个看似十分简单、几乎被当下中国民众遗忘的老话题：没有经过自由恋爱的婚姻注定会破裂吗？如果出现例外又如何解释？经过自由恋爱的婚姻注定天长地久吗？倘若并非如此，则当初自由恋爱的意义又何在？这是“五四”新文学之后才遭遇的新问题，还是古已有之、中外皆然的永恒困惑，是人类婚恋家庭普遍的困局、悖论与原罪？

四、迟到的主题翻转

从面向历史、面向社会（当然也包括“历史中的个人”与“一切社会关系的总和”的个体）的政治反思，转向主要面向个体小天地的婚恋家庭的反思，这对王蒙来说是反思范围窄化、分量减轻、水平降低、意义塌缩，抑或恰恰相反？

不能一概而论。政治历史的反思是70年代末至今中国文学从未完成的核心命题，也是中国作家应尽的主要责任。王蒙始终没有推卸这个责任。但他在新世纪的政治反思主要诉诸学理阐释和人生经历的告白。他大张旗鼓宣布“我要跟你讲政治”的《中国天机》（2012）整本书以及《中国人的思路》（2018）许多章节，都毫不躲闪地表明自己的政治立场。对共和国许多重大政治运动、政治事件、政治人物、政治现象、政治生态、政治思维、政治操作，王蒙都结合亲身经历与长期观察逐一做出明确评判。迄今为止似乎还没有哪位当代中国作家这么做过。正如王蒙本人所说，“如果我不写，不会有别人写了”[①]。

但进入新世纪，王蒙小说不再直接聚焦政治，乃是努力回归日常生活，尤其关注日常生活最基本的婚恋家庭问题。这无可厚非。不能说王蒙因此就落入了犬儒主义或文化保守主义的“晚年文化心态”[②]。世界文学史上许多伟大小说并非都是直接的政治反思，而恰恰就聚焦婚恋家庭，比如《金瓶梅》《红楼梦》《呼啸山庄》《傲慢与偏见》《简·爱》《红与黑》《包法利夫人》《安娜·卡列尼娜》《霍乱时期的爱情》等等。

夫妇关系为人伦之始，中外一致，自古皆然，其细微变动都会关乎文化风习，更不用说像“五四”以来激烈变革与大幅度改造。《生死恋》中王明光感叹说：“在男男女女的事情上，我们是怎么搞的！从五四运动我们就够启蒙、够先

① 王蒙著：《中国天机》序言《我要跟你讲政治》，安徽文艺出版社2012年版，第3页。

② 王春林著：《王蒙论》，作家出版社2018年版，第313—327页。

进的了，直到现在，也没整明白。”王蒙新的世纪系列小说，无论《奇葩奇葩处处哀》《生死恋》《笑的风》三部长篇，还是广西师大出版社2020年2月出版的《页页情书》所收录的从2005年《秋之雾》到2016年《女神》等十几部中短篇小说，所要澄清的无非就是小说人物王明光的上述疑惑。

现代中国由男性主导的知识分子群体一开始就遇到鲁迅所谓“怎样做父亲”（包括怎样做丈夫、怎样做儿子）之类的根本问题，但同样重要的还有鲁迅小说《伤逝》已经开始探讨的“怎样恋爱”“婚姻模式怎样才算合理”“怎样做夫妻”。《笑的风》是王蒙在长篇小说创作中继《活动变人形》《奇葩奇葩处处哀》《生死恋》之后，沿着这条文学史延长线所作的再探索。

从政治历史反思转换聚焦到个体婚恋家庭的反思，在王蒙小说创作中实在经历了一个漫长的过程。《青春万岁》《组织部来了个年轻人》就触及过爱情主题，此后的小说陆续创作了一个长长的女性人物形象的画廊[1]。但从《青春万岁》直到20世纪90年代“季节系列”，完整的爱情描写始终罕见。即使冠名《恋爱的季节》的长篇小说，其男女主人公也几乎跟柳青《创业史》中梁生宝一样忙得没时间恋爱。青年男女之间永远是朦胧青涩的一段情愫，直至中年重逢亦复如此（《相见时难》），而“季节系列”长篇中夫妇间的枕

---

① 郜元宝著：《王蒙小说女性人物群像概览》，《浙江社会科学》2020年第2期。

边语私房话，多半还是议论天下大事或别人别家的故事。他们的婚恋家庭永远被“火热”的社会政治生活洪流裹挟着，永远无法占据小说世界的中心与前景。

婚恋家庭写得相对比较完整的是《在伊犁》和《活动变人形》。那是特殊时空条件所致：一个取材于遥远边陲少数民族聚居区生活，一个是抗战胜利前后老北京童年和少年往事的回忆。即便如此，这两部作品主要人物的爱情故事、婚姻经历和家庭状态也都是由某个站在客观与局外立场的叙述者（《在伊犁》中的“老王”及《活动变人形》中的“倪藻”）隔着一段距离，由外向内甚至居高临下观察、讲述出来。小说叙述视角很少落到恋爱、婚姻和家庭主要当事人的内心，由内向外写出来，流淌出来，倾诉告白出来。

《在伊犁》中少数民族同胞们婚恋家庭故事基本没有作者自传因素，姑置勿论。《活动变人形》具有强烈的自传色彩，但作者仍然采取革命者倪藻对失败的启蒙者倪吾诚隔岸观火、只是偶尔也将自己烧进去的“审父”模式。直到晚近，审父模式才被抛弃而转入自审。《奇葩奇葩处处哀》是晚年沈卓然丧偶求偶的一连串奇遇奇情奇恋；《生死恋》是顿开茅、苏尔葆这对血缘关系模糊的“弟兄”（包括苏尔葆与王明光“叔嫂”）之间披肝沥胆的交流；《笑的风》更是作者设身处地进入角色的自我剖析。王蒙的新世纪小说讲述婚恋家庭故事，终于不再时时刻刻置于政治反思的框架内展开，而绝对居于小说世界的中心和前景，并始终致力于探察主要人物内心世界围绕婚恋家庭而掀起的惊涛骇浪。至于频繁的政治运动和纷杂的社会现象，只是映照人物内心世界的一面镜子而已。

王蒙的这个巨大翻转可谓姗姗来迟。从《青春万岁》算起是60多年，从《活动变人形》算起则经历了34年之久。有没有实现这个翻转是关键所在。至于翻转之后究竟写得如何？是否有了这个翻转，就意味着作者放弃（自动解除）了无休止的政治反思的责任与苦刑？对此还是见仁见智，不做结论吧。

《笑的风》结尾，傅大成“悲从心来”，想用五笔字型输入法打出这个成语，不料电脑却恶作剧地跳出“春情”二字。这个收官之笔颇堪玩味。寿至耄耋却孤家寡人的傅大成依旧不能忘情，甚至准备以前妻白甜美名义建立“中国婚姻博物馆”，他应该遭到善意的嘲讽呢，还是应该得到“悲从心来”的宽恕怜悯？或者应该祝福他永远“快意咏新歌”，永远青春万岁、“春情”荡漾？

倪吾诚、傅大成、苏尔葆的故事没有完，也完不了。即使王蒙不再写，将来总还会有作家“记起他们，再说他们的时候的”。

2020年12月24日

史诗·知识性与“返本”式写作

——王蒙长篇新作《笑的风》论札

温奉桥

中国海洋大学王蒙文学研究所教授、博士生导师

疫情期间，我正在上海隔离，收到了王蒙先生的微信：“我宅在家里，看到已经发表的笑的中篇，居然被吸引得欲罢不能，居然又大动干戈，增加五万多字，若干调整，成了另一长篇版。闹得相当大发。”这里所说的“笑的中篇”，是指发表于《人民文学》2019年第12期的中篇小说《笑的风》，“另一长篇版”则是指王蒙最新长篇小说《笑的风》。

作为共和国文坛不知疲倦的“探险家”，近年来王蒙连续推出了《仉仉》《女神》《生死恋》等一大批艺术精品，一次次给文坛带来惊喜的同时，也带来了冲击、挑战乃至困惑。王蒙就像金庸笔下的独孤求败，与自我为敌，并在挑战的快感中创造着一个个文学奇迹。王蒙曾多次自喻为“蝴蝶”，《笑的风》真正显示了“蝴蝶”的自由与潇洒，悠游与从容，其史诗性美学品格、开放的文本结构以及对时代、历

史、人性等宏大命题的哲学思考，都堪称向以《红楼梦》为代表的中国小说传统的一次回望和“返本”。

《笑的风》无疑是一部具有史诗气魄和深密内涵的作品，全景式地展现了共和国60余年社会生活的历史变迁，特别是人们思想、意识的内在变化。仅就篇幅而言，《笑的风》其实是个“小长篇”，然而，“小长篇”表现出的却是“笼天地于形内，挫万物于笔端”的大视野。小说的史诗性首先表现为其宏大的时空结构。小说正面描写了自上世纪50年代“大跃进”直至2019年逾60年的历史，实际上小说的隐性时间跨度更大，例如通过歌曲《四季相思》、电影《马路天使》等巧妙地把时间上溯到上世纪30年代，为读者提供了更多回溯与回忆的可能；空间上更是从一个名为“鱼鳖村”的中国北方小村庄写起，一直写到边境小镇Z城、上海、北京、西柏林、科隆，直至希腊、爱尔兰、匈牙利。可以说，《笑的风》在一个完全开放的时空背景上，从历史和现实双重维度，大跨度地呈现了近百年来中国社会从乡村到城市的广阔图景，特别是共和国60年来的新与变。更重要的是，小说对现代性的呈现不是静态的封闭式的，而是在家与国、古与今、边疆与城市、中国与世界之开放式时空语境中完成的，小说的这种时空结构，体现了作者完全崭新的时代意识、世界意识。

《笑的风》流露着对于现代性与发展的渴望与欢呼，也渗透着对于传统与初衷的留恋与珍惜。从本质上讲，现代化构成了中国近一二百年来最重要的民族主题、社会主题，也是当然的文学主题。《笑的风》将中国现代化过程所引发的复杂心理和情感变化，纳于主人公傅大成之个人爱情和婚姻生活之中，将波澜壮阔的时代图景纳于琐碎的日常生活之流，既浓墨重彩描绘了时代大潮的翻滚涌动，又生动细密呈现了日常生活的方方面面。傅大成无疑是一个蕴含着巨大历史内涵和精神深度的审美形象，傅大成身上蕴含了当代知识分子面对传统与现代、过去与未来、发展与固守冲撞交织的复杂情感，正如作者所言："通过个人故事，婚恋家庭的特殊命运，爱恋情仇的情节写历史，写地理，写人生，写社会，写价值观、人生观、世界观的冲撞与整合。"可以说，傅大成代表了一代知识分子的精神缩影，在这个意义上，傅大成与《活动变人形》中的倪吾诚完成了精神对接，他们是生活在不同时代的精神兄弟。

《笑的风》是小说，更是哲学，体现了王蒙新的探索和生命体验。故事一般被视为小说的基本前提，但是仅有故事还远远不够，还要有真正的思考和发现，这同样是中国小说的传统之一。与故事相比，王蒙在这部小说中更感兴趣的似乎是一个关于个人、时代与命运的哲学命题，也就是说，与现实生活的宏大叙事相比，王蒙更感兴趣的是作为个体的人在历史中的位置和命运、有常和无常。在《笑的风》中，王蒙已经无意纠结历史的细处，而是站在时间与经验铸就的人生高处，回望历史，重新思考和探讨个人、命运与时代之复杂纠合缠绕。就傅大成个人命运而言，因一首小诗《笑的风》，改变了生活轨迹，似乎是“天道无常”，然而从时代发展的角度而言，“无常”也即“有常”，这也就是小说所反复阐明的“时代比人强”。《笑的风》超越了《青春万岁》的激越，也超越了《活动变人形》的决绝，是对历史的抚摸和吟唱，更是清明和超越；是一往情深，更是回眸一笑；是万般滋味在心头，更是也无风雨也无晴。得与失，悲与喜，缺憾与圆满，绝望与希望，在这部小说中都达成了新的“和解”，因为所有这一切，其实都不过是生命的固有风景。

《笑的风》还探讨了生命和人性中某种悖论式境遇。悖论是生命的“无常”，是生命之偶然性，更是生命的“有常”。傅大成恰恰是在“文革”的特殊时期与白甜美的爱情变得亲切安详，和谐融洽，而当好日子来临，当一切欲求和可能都变成现实的时候，他感到的不是圆满，而是“得而后知未得”的遗憾，他在“找到了自己”的同时，又陷入了“再也找不到原来的自己”的尴尬乃至必然的悔意。傅大成永远生活在“别处”，他的追求、困惑乃至躁动、折腾和缺憾，都不是单纯个体性、偶然性的，是面对新的生活新的可能与机遇的必然要求和探试的欲望，与人性深层相通。从这个意义上，傅大成其实是一个具有哲学意味的审美符码。

《笑的风》堪称一次百科全书式的写作。英国小说理论家福斯特曾把“广博的知识”作为小说家的必备素质，读王蒙的小说，如行山阴道中，时时被各种新奇的知识、见闻、说法、议论所吸引，解惑，解颐。在中国古代小说传统中，知识被视为小说艺术的构成要素之一，如《红楼梦》《金瓶梅》等都有大量知识性叙述。在小说的知识性取向越来越淡薄的今天，王蒙的小说返归了小说“广闻见”“资考证”的知识性传统，可以说，知识构成了王蒙小说的一个独立性审美质素和审美维度，这在当代作家中独树一帜。知识性构成了《笑的风》百科全书式写作的显在表征。在这部小说中，从飞机起落架到英国“三枪”牌自行车，从美食到荷兰“飞利浦”电视机，从“病”到女人的“乖谬”，更不用说古今中外诗词歌赋、名言典籍、掌故段子等知识性叙述和联想、辞典式旁征博引等，构成了这部小说独特的知识谱系。事实上，所有这些都不是可有可无的，例如无论是电影《小街》主题曲还是李谷一的《乡恋》，也无论是《哈萨克圆舞曲》还是舒曼的《梦幻曲》，不但丰富了小说的审美质素、审美体验，而且强化了小说的时代感、现代感；同时，知识性在小说艺术世界的构建和艺术品位的营造中，都发挥了重要作用。例如，关于舒曼、勃拉姆斯、贝多芬以及柴可夫斯基的音乐知识，在小说审美功能方面，起到了添情趣、调节奏、扩空间的作用，极大地提升了小说的审美品格。更重要的是，这类开放式小说写法，涨破了传统小说僵硬的艺术规范，特别是在小说艺术越来越狭仄化、枯索化的今天，《笑的风》赓续了伟大的《红楼梦》传统，重塑了小说文体的丰富性、开放性，这既是小说艺术的“返本”，也是创新，拓展了小说的艺术观念，也是对当代小说文体的解放。王蒙曾有文章专论小说的可能性，《笑的风》无疑将小说的可能性得以最大程度的释放。

对于一个智者和充满了创作激情的作家而言，时间也许并不仅仅是个无情的“杀手”，同时还是一个伟大的“造物主”。《笑的风》自始至终都闪耀着一种单纯、清明和诗意的光辉。《笑的风》不乏毛茸茸的生活质感即细密扎实的生活摹写，更有看似不那么“接地气”的一面，例如“笑的风”：“笑的风”是实有，更是象征；是傅大成的一次春夜奇遇，更是青春和爱情的象征；“笑”是生活，是历史，是时代的脉搏，也是命运和天意，更是生命的激情和梦想。《笑的风》具有一种超越现实的力量，它是心灵呓语、意念闪电，更是天启般的哲思妙悟，既置身其中，又超然物外，二者之间往往形成了奇特的审美张力，事实上，正是这种超越现实的力量，赋予了王蒙小说更纯粹更持久的艺术魅力，这本质上并非单纯源自作者炉火纯青的艺术技巧，而是86年人生阅历所沉淀的超越、自信和必有的从容。

王蒙说：“只有在写小说的时候，我的每一粒细胞，都在跳跃，我的每一根神经，都在抖擞。”《笑的风》让我们感受到王蒙沉醉于创作的快感，沉醉于小说艺术的快感。在小说中，王蒙重获大自在。

（原载《光明日报》2020年5月20日第14版）

饕餮季节的爱情书写

——读王蒙先生新作《笑的风》随想

卜 键

国家清史纂修领导小组办公室原主任

饕餮，在古代汉语中义项颇多，今天一般指饮馔之嗜。这个并非常见的词在《笑的风》中反复出现，至卷末才揭出来历，曰：

> 多么有趣啊，一个网络的“小编”居然混淆了耄耋与饕餮，将一位知名人士的进入耄耋之年写成进入饕餮之年，多么快乐呀，八十岁时候痛痛快快地进入了大吃大喝的饕餮之年喽。

被称为“进入饕餮之年”的知名人士，并非王蒙先生，却是一个编辑对他亲口所讲，觉得好玩儿，常也借以自谑。其底色仍是那容易读错的“耄耋”，而意外与“饕餮”的置换混搭，也别有一番韵致：几年前就已耄耋的王蒙先生，依然在痛快淋漓地阅读和写作，书写一代人的爱情，为之沉迷陶醉、感叹唏嘘，也对之烛照幽微……

如果说《笑的风》是对作家群体的爱情取样，是一道丰盈的生命和精神大餐，而王蒙的饕餮，并不限于本书。

风行水上之文

该书以作家傅大成的婚姻爱恋为主线，情节上并无奇诡繁复的设计，如唠家常，如话桑麻，起承转合一气而下，如风行水上，自然成文。

起写出身寒素的傅大成爱好创作，高一时听从父母安排，与年长五岁的白甜美结婚，很快有了一子一女，后来读大学，到外地工作，长期分居后一家团聚，妻子贤惠勤勉，儿女读书上进，小日子过得有滋有味，文学创作上也名声渐起。

对于这桩包办的婚姻，傅大成难免耿耿于怀，而妻子的心底也始终潜存着忧虑戒惕。作者写傅大成很少归家，写白甜美眉头常锁和沉默寡言，写了儿子小龙的读书癖以及他为爸爸回家写诗和朗诵《卖火柴的小女孩》，也写到女儿小凤在倾听时的哭泣嘶喊。小凤只比哥哥小一岁半，她听了小龙背诵《卖火柴的小女孩》的一段话：小女孩只好赤着脚走，一双小脚冻得红一块青一块的。她的旧围裙里兜着许多火柴，手里还拿着一把。这一整天，谁也没买过她一根火柴，谁也没给过她一个钱。这时小凤受不了啦，她突然喊了儿声："让她暖和一下！""暖和一下！""暖和暖和她！"在家乡，人们说暖和时候的发音是"攮活"，最后一个活字读轻声的话，更像是说成"攮嚯"或者"攮花"……

这是一家人难得团聚的时光（本想说"幸福时光"，斟量之下，复将"幸福"删去），写得十分自然与动情。10岁的小龙聪颖好学也有些敏感早熟，他在诗中为何添加"爸爸为我穿棉袄"的乌有之事？为什么选择朗诵《卖火柴的小女孩》？作者不言，为读者留出想象空间。

看到大成对儿女的疼爱，甜美似乎找回了信心，这个家庭在Z城也真的度过了一段幸福时光。那是特殊时期的个例，是整体匮乏时代的生存技能和智慧。朋友拎着一瓶伊犁大曲来访，作者用了"居然"二字，一下子让我辈忆起其在地瓜烧流行的当日该多么隆重，而家中毫无准备，"在傅大成狼狈不堪之际，甜美找出一根剩油条，一根大葱，半个萝卜，一块姜，还有一截酱腌乳黄瓜，居然还有一个鸡蛋松花，白氏土造，三切两拌，撒盐滴油，十分钟后，二人小坐小饮，其乐融融，其味幽幽"。大约就是今天所说的小确幸吧？改革开放后，两个孩子考上大学，甜美的生意风风火火开了张，大成的创作也声名鹊起。

承是大成在京沪与女作家杜小鹃相遇相知，鱼雁往复，并由此引发白甜美的警觉与试图阻止，小龙小凤的恳求诘问。大成确曾想切断这段感情，但未能做到。

这是两个作家的爱情，是惺惺相惜，应也是傅大成久远缺憾的突兀补偿，可书中浓墨皴染的却是他的犹豫、躲闪、排拒和负罪感，是相会时的热烈忘情和分别后的复归冷静。王蒙写不擅女红的小鹃手织手套相赠，写甜美的洞察秋毫和采取熔断措施（告知子女），写大成对小龙小凤的否认遮掩……小龙说的“您如果做出不合适的举动，您会毁了这一家，您一定会先毁了妈妈，毁了您自己，毁了阿凤与我”，小凤说的“如果你对不起妈妈，就别想着我们还能对得起你”，都是那样痛切，让他猛醒，“决绝地停止了与小鹃的通信，而且寄去了一封信，信纸上只写了一个‘不’字，加一个惊叹号‘！’”。京城作家杜小鹃紧追不舍和一往情深，而文学又为此插上翅膀，兹引其《只不过是想念你》第一段：

只不过是想了想你，
没能忘记，
没希望、没要求、没什么戏，
想着你到底是
想我了还是真的没想，
听着你没声儿没语。

傅大成的确是“没声儿没语”，可命运操弄，之后他应邀参加中国作协组织的柏林行，本已打听过名单中没有杜小鹃，结果竟意外相逢，你侬我侬，七天下来已是难解难分。

转是傅大成与白甜美的离婚过程，一场持续数年的司法拉锯战，大成遭到舆论谴责，被逐出家门，在家乡被甜美的娘家人痛殴，不得已离开 Z 城到京师。而法院最后还是判离，大成与小鹃终成眷属。

作者给了白甜美极大同情，特特细记她在法庭上的着装，“英国原装苏格兰式蓝方格乳白底色外套，细薄山羊绒内衣，肥肥大大的亚麻褐色休闲裤子，而且她穿了一双北京市内联升手工千层底坤千缘鞋，纯黑色板绒鞋帮鞋面，耸起的两道埂子，襻口上是一小块朱红线花锁住，纯朴优雅高尚古典”。更主要的则在于她的气势如虹：“你请的律师说咱们俩互相没有说过好听的话，你说说，做完摘除胆囊手术，你说过好听话没有？你说过人话没有？你说过实话没有？你说过要对我一辈子好的话没有？你只要说是从来没有说过，我现在就签字，同意接受你的离婚心愿，嘛条件也没有！”傅大成五迷三道地点头不止。

此乃本书最沉郁的章节，家庭破碎，亲人反目，使得一场轰轰烈烈的爱情黯然失色，使傅大成再无回旋的余地，也成为他心中的不解之痛。

合（或曰尾声）是白甜美在商业上取得很大成功，但无法消解离异带来的伤痛，后因病而逝；而大成与小鹃情感渐趋平淡，和平分手，在孤寂中思念甜美和痛悔过往。

最后一章《不哭》，80 岁的傅大成在重阳节去给白甜美扫墓，“这一天是甜美的 85 岁冥寿，他准备献白菊花，在甜美墓前长跪，能跪多久就多久，就这样跪死也随缘”。其是一种从年初就开始期盼，“甜美的在天之灵当然会感觉到，会像天使一样地敲打他也疼爱他，也许终于救赎了他。他还隐秘地盼望着，在梦里能见到甜美，他相信甜美一定会来到他的梦里。”而大成到了墓地，在挨挨排排的墓碑之林好不容易找到前妻的名字，又被一侧闹嚷嚷的工人干扰，“没好好哭成，也没有跪踏实”，一场酝酿已久的痛悼潦草收束，准备好了眼泪竟无由滴沥。

造化无工，是为化工。作者在从容平淡的记述中，让主人公傅大成完成了灵魂的自我救赎。

永远的意识流

20 世纪 80 年代初，文学批评界曾经热议“意识流”的写作方法，王蒙的《夜的眼》《春之声》等小说，被称为“意识流小说”的代表作。而在这部新作中，尤其是在傅大成形象的塑造上，王记“意识流”仍像是如影随形，不择地而生。

小说一开篇，春夜的风中裹挟着女孩子笑声，恍兮惚兮，令一个高中生的青春幻想（也包括幻听）喷发升腾，乃至于“两眼发黑，大汗淋漓，天旋地转”。类似的晕眩在傅大成一生中多次出现，究其原因，大约都由于意识的涌流量过大。定下神来，大成写了一首关于春风和女孩笑声的诗，想象挥洒，任凭青春的迷思在夜风中漫流，漫过一个中学生的“作家梦”。

在北京中青年作家会议上，傅大成满目新奇，满怀欣悦，“百感交集，往事翻飞。就在这个时候，傅大成两眼发黑，周围的一切开始越来越快地旋转，周围一切像是浸在深深的暮色里，渐渐变成黑影剪影，笑声吵闹声突然远去，渐渐变成呻吟与蚊子的扇动翅膀，不好，傅大成晕眩过去了”。优秀作家大都是思绪翻飞，而意识流过强导致的眩晕或曰无意识，似乎是大成的个人特色。

第六章，被京师万象整晕，被诸般美馔整出胆囊炎的傅大成，感动于甜美的倾心照料与吐露隐衷，钻到妻子怀里，哭得鼻涕眼泪，意识又止不住奔流：“让自由恋爱的人自自由由地去爱去抱去离去骂去乱去下药去动刀闹它个天翻地覆出窍涅槃吧；让没有得到自由的爱的人也爱他或她的能爱，搂他或她的能搂，舒服他或她的能舒服，抱怨他或她的想抱怨，哭着骂着也还要抱在一块儿，得了便宜也还要卖乖，窝囊着也还要尽兴吧。”

或也只有这般密集拥塞的文字，才最能呈现大成此刻的纷乱意绪。他爱上妻子了，即使在睡梦中，也陶醉在迟到的深爱中，呓语着“我爱白甜美”，让妻子哭得个稀里哗啦。

第十章，上海之行归来，大成与小鹃的私情被甜美觉察，小龙小凤一起找爸爸谈话，大成先是给孩子大讲文学，接下来感伤流泪，想到自己的不得体，然后，居然是——想起了与小鹃在一起的大上海快乐时光、欢笑时光，对话机锋，诗歌小说，旁征博引，尤其是翩翩起舞。与小鹃共舞的快乐如同进入了神仙世界，音乐响起，节奏清晰，美女在怀，美情在心，美步在足，美意在搂抱的手，文质彬彬，文明优雅，文思如酒，文学与音乐，朋友与社交感每分每秒都令人骄傲陶然，也不无飘飘然。

怎么办呢？不管是意识的顺流、溯流、横流，又怎么控制呢？大成的思绪再陡然一转，流向妻子白甜美——是一个无知却又聪明，无教而又忠诚，无恋爱而又温暖如夏天的风，无尊贵意识却自有道理、自有主意、精明如商、技能武装、顶天立地、绝非等闲的角色。是一个时时让他敬、让他畏、让他依靠、让他馋嘴的大媳妇儿，又是一个永远无法与他对话与他交流与他互触灵魂的纯洁得贫乏、天真得愚蠢、忠诚得简单、廉价得好使好用少情欠趣的媳妇。

第十七章，被法庭驳回起诉的傅大成回到故乡，心中已做好离不成婚的准备，“认真打一次离婚，是他对小鹃的道义责任，是他必须的担当，败诉驳回，头破血流，也好，他们当然必须听法律的听国家的听权威的，他只能服从。干脆败诉，听命于败诉，哈哈，其实不见得不是”，而就在这种“摇摇摆摆”欲走还留之际，白家的大队人马来了，将他一通痛殴。作者写道：“挨完揍，他一下子怔住了。突然，他重新意识到了什么是现代化，为什么需要现代化，还有什么是前现代与半现代化。调解、调解，既然是调解，为什么上来了殴打？承认情，其实是为了融解与泛化爱情，讲恩爱是为了把爱情变成施恩与报恩的社会义务，最终是为了压抑与解构爱情……”

一场群殴堵塞了大成的退路，使他变得决绝。走笔至此，王蒙先生不免感慨叹息：“可怜的白甜美啊，她在这个关键的时期，恰恰犯了一个许多自觉冤屈的女性多半会犯的大错误。”

与小鹃结合后，大成并不全是快乐的，常会想起前妻，想到原来的家，偶尔会发出一种奇特的怪叫惨叫，并伴随着大小规模的颤抖，应也是意识流作祟。第二十四章，小鹃的私生子前来认母，仪表堂堂，学业有成，唤醒了小鹃的母爱，令她激动迷醉，找来大厨为儿子做饭，而大成却突然闪过了一个念头：“再什么大厨什么四十一年未见的亲儿子什么哭哭笑笑什么花了一万八千，做出来的菜也赶不上白甜美随手一拨拉的白菜粉条与肉片烧茄子，一边待着去吧，菜肴里的灵性天机，与学历与职业教育证件与工钱无关，与出手大方更不相干，甜美的手艺你们谁能摊上十分之一呢？他的想法使自己打了一个寒战。”

这是端坐时的灵魂出窍、应酬间的思飞天外，魂灵之爱与魂灵之痛，已然在意识的溪流中混为一体。

假如……

还是在2003年的秋天，中国海洋大学举办王蒙作品的国际研讨会，有很多作家、文学评论家聚集青岛。张贤亮的发言中有句话至今犹记，道是：“王蒙是没有绯闻的。”据说这位已故大作家本是要批判“作家无绯闻论”的，登台后心念一转，改为赞美王蒙对婚姻家庭的忠诚。他未能看到《笑的风》，一本写爱情不专一的书，一个以家庭破碎、亲情撕裂为代价追逐爱情，得到了，结合了，又复分手的故事。小说主人公当然不会以作者为原型，却也分明可见些许影子，不经意间流显出王蒙的唇吻口角，尤其是那股子不时流露的执拗、二杆子劲头——这话出自他的一位老秘书之口：有人竟然说王蒙圆滑，他们哪里知道王蒙的简单、真率、轻信、易冲动，有时还有点二杆子劲儿。

至于我，却觉得王蒙与普希金有几分相像，觉得《笑的风》与《叶甫盖尼·奥涅金》隔代相通，所拟《只不过是想念你》等诗句，也显得色泽仿佛。在本书导言中，王蒙说“甚至于我想到本书可以题为《假如生活欺骗了你》”，而封面上那个一半中文一半俄文构成的心形图案，也密匝匝写着：

假如文学欺骗了你，
假如爱情欺骗了你，
假如小鹃欺骗了你，
假如你欺骗了甜美
阿龙还有阿凤
你不但伤心

尤其乱心
闹心慌心
刺心扎心
撕心……

这些文字纷乱地写在略呈破碎的“心”上，见诸书中第二十六章，大成在家中苦盼妻子自广州归来，而小鹃则由于孙子碰伤未上飞机。一向敢爱敢恨、有些前卫和浑不论（吝）的她，已变成一个慈祥老祖母，到儿子家一住经年，留下大成独守空房，每日价浮想联翩：“他想着甜美的去世，这么早就与他天人相隔了，他想着现在的妻子小鹃一别十个月，说好了，说是到机场了，仍然不见回，不回来也不说一声，他为了小鹃毁坏了自己的四口之家，然后小鹃出来了一个天晓得的儿子，然后她变了一个人。”蓦地里烧天蓦地里空，二人之间那曾经的热烈，的确是在“一点点耗散与衰减”了。

作家的爱情和婚姻，与普罗大众会有什么不同吗？

改革开放 40 余年来，中国的发展成就有目共睹，而对爱情婚姻家庭的观念，并未见根本性改变。为什么？因为无需改变，追求真爱和有爱的婚姻家庭，一直是中华文化的主旋律。其关键或也不在于是自主还是包办，而在于能否爱得长久、过得幸福。譬如唐代元稹的《莺莺传》写了一段自由、热烈的爱情，其结局则是“始乱终弃”。元代王实甫将之改编为一代名剧《西厢记》，提出“愿普天下有情的都成了眷属”，让二人经历曲折，终得结合，却没写这个婚姻将走向何方。这也正是王蒙新作的着力之处，精深警策之笔：大成与小鹃的爱情修成了正果，也走向了终结，没有争吵，没有背叛，甚至也说不清谁是谁非，爱就那么一点点在日常生活中流失了。这是我看过的最冷静透彻的爱情书写，也是对于爱情和亲情孰深孰浅的省察凝思。他没有给出结论，却提供了一个例子。大成在迟迟疑疑、徘徊反顾中离开了原来的家，割舍了儿女亲情，假如让他重新选择，应是不会再这样做了。而小鹃并无机心，有的只是思念和等待，是为了爱对一切的不管不顾，又哪里会想到对方的子女？而今自己的儿子来了，始知母子、祖孙之情的力量如此强大。她对大成的爱似乎仍然存在，却也只能说是残存了。

生活中的王蒙极重爱情，也极重亲情。曾听他说起，疫情期间每周与散布各地的子孙们在网上开主题音乐会，练习和演唱不同时期、国别的歌曲，听着都觉得温馨。王蒙显然对白甜美寄予了更多的同情，而笔下的杜小鹃也绝非坏人。她从来没想去欺骗傅大成，就像普希金的诗和王蒙的演绎阐发，是生活欺骗了他，是爱情欺骗了他，当然也包括她。

是啊，生活实在是太繁复丰饶了！《笑的风》提示我们，别太相信那些口号化、标签化言辞，即如婚姻，父母包办的可能一生幸福，个人自主的也会半途而废。如果权且把这些称之为欺骗，生活中的“欺骗”常又化身亿万，包括被欺与自欺，也包括不知珍惜，身在福中不知福。傅大成的小日子本是安定、富足、舒适和有利于文学写作的，是幸福的，由于不知珍惜，出离家庭，再走向孤寂凄清。这是本书带给人们的另一种启示，对普希金的诗，也可以反其意而歌之，曰：

> 假如生活善待了你，
> 请不要……

傅大成与白甜美、杜小鹃的故事令人感慨唏嘘，三个人都曾一往情深，曾经承受折磨而竭力试图挽回，而命运之神却作了另外的安排。王蒙先生在跋文中写道：“生死离别，爱怨情仇，否极泰来，乐极生悲，逢凶化吉，遇难成祥，冷锅里冒热气，躺着岂止中枪。一帆风顺带来的是更大苦恼，走投无路说不定造就了一往情深，如鱼得水。相濡以沫还是相忘于江湖？忘大发了会不会抑郁症……”这就是世相世情，这就是人生，不仅现在，过去未来应也不会有大的差异。

像是要回应坊间议论责难的不绝如缕，王蒙的阅读写作从未稍息，他引以为豪壮的是至今仍身处劳动的第一线，黎明即起，读书写作，锻炼身体，日复一日，不断推出新作品。他岂能感觉不到衰老的逼近？对耄耋与饕餮的调侃中岂无几缕感伤？却是殷殷自励：

“那就发力吧，再发力吧，用你的魂灵肉体生命耄耋加饕餮之力，给我写下去！”

这就是王蒙先生，是处在其创作的饕餮季节的王蒙，是他的精神峰巅也是他的日常功课，是一曲历久弥新的青春和奋斗的歌。

珍惜王蒙。

（原载《人民政协报》2020 年 7 月 6 日第 8 版）

语言的“乌托邦”、震惊体验和自由的政治经济学内涵

——关于王蒙的《笑的风》

徐 勇

厦门大学中文系教授、博士生导师

在当代中国，真正专注于小说语言的“表达性”的作家并不多见。刘震云和王蒙，可能是其中最有代表性的两位。但他们走的是截然相反的道路。刘震云代表的是这样一种倾向，即在语言表达的狂欢化中（比如《故乡面和花朵》《一腔废话》）达到对传统秩序的质疑、颠覆和解构。王蒙的小说语言虽然也有狂欢化的色彩，但他的意图却表现为秩序框架内的语言叙述的整体效果的获得；这也使得王蒙看似浪漫、“狂放”和了无拘束，其实根子里却是个相对保守和传统的作家。

有些作家，比如说莫言，其小说虽也有语言表达上的纵横捭阖、汪洋恣肆的特点，但其所追求的多是某种修辞效果的获得：修辞终究是为叙事服务的。即是说，当代作品中的大多数都属于“可读的”小说之列，这一类小说注重的是

其语义学内涵，虽不免有简洁（比如说钟求是）和繁复的区别，但在语言表达的准确、明晰和语词的及物性上却是一致的和相通的。至于先锋小说，虽一度以“可写的”小说为其目标，在在让人眼花缭乱，但其实验很快宣告谢幕；先锋小说的回归，显示出来的仍是“可读的”小说的胜利。王蒙的小说语言，则可以说是一种综合，其既注重修辞，又不追求准确；既掩过饰非，又在更高的层面上保持风格的一致。他的小说，并不在叙事上下功夫，而是追求某种表达上的酣畅淋漓和大自在。他是把叙事糅进表达当中，他的小说语言兼具叙事和表达两方面的功能。因此，对他的小说，特别是其创作后期的作品，首先需要注意的，不应是其叙事，而毋宁说是语言表达。对有些作家而言，语言只是手段；在王蒙那里，语言则常常具有本体论的意义。这种重要性在其长篇近作《笑的风》（2020）中表现尤其明显。

一

比较王蒙的早期小说《组织部来了个年轻人》（1956）和其近作《笑的风》，不难发现，王蒙的小说创作，早期和后期，大相径庭，风格迥异。这种风格上的鲜明反差，表现在其创作历程中，似乎是这样的脉络：越到后期，他的作品，越不追求准确和简洁，而是相反，开始在表达的自由和气势上倾注越来越多的心血。他的小说始终存在叙事和表达彼此对立的两极现象。肇始于20世纪80年代初的，他的小说中意识流技巧的尝试，是这种两极现象初步显示的标志。他的小说并不属于纯粹的意识流，而是在叙事的进程中穿插意识，即是说，意识和叙事穿插并置，同属于叙述的两极，意识的展开，一方面起到叙事的阻遏和放缓叙事的作用，另一方面，意识又能在回忆和想象中，折向历史深处，因此，意识的展开，同时也是一种叙事手段，是一种打通传统线性叙事的手法。可见，在王蒙那里，意识流手法，既是叙事，也是表达，甚至是抒情。这种倾向表明，王蒙一直是无意区分叙事和表达之间的界限的，他只追求一种总体叙述效果的获得及其“叙述”的自由和便捷。

这样一种状态，发展到后来，逐渐演变为某种可称之为“语言的叙事性”倾向。即叙事（而不是叙述）从语言开始，又到语言为止。换句话说，语言就是一切，语言既是叙事，又是表达，语言既是自由的表现，又是其实现的效果。这使得他的小说，并不追求语义内容的精确性和表达的简洁精练，语言在他的小说中表现为某种“语力”，语言既是表达，也是叙事推动力和叙事本身。他追求的是一种综合的叙述效果。这种情况，在《笑的风》中表现明显。这部作品讲述的是傅大成一生大半个世纪的经历，其时间跨度之大，在王蒙的小说中并不常见。长时间的跨度，并不适合叙事上的缓慢节奏，因此，叙事上的快节奏就成为小说的内在要求。快节奏要求简略的叙事，不追求细节，不做细部的停留。但问题是，王蒙的叙事本就“水分”极多，“掩过饰非”的修饰现象比较普遍；它带来的，常常不免是叙述上的繁复和叙事上的旁逸斜出。

对于这种矛盾，王蒙采取的是“语言的叙事性”的做法，即以核心意象为中心、以语言为推动力的节点叙事。核心意象即“笑的风”，以此意象统领全书，凡是与这一意象无关的，都可以舍弃；有关的，则大书特书。节点叙事，即只专注于人生节点和节点中的细节。节点之外的人生脉络，则采取省略、跳跃和一笔带过的方式。请看下面这一段：

> 多么幸运，生活在一个古老的求新求变求飞翔的大国里，你看到了红旗招展，你经历了锣鼓喧天，你呼应了人海心潮，你发现了好与更好，新与更新，小作家们戏言：江山代有才人出，各领风骚三五天！你期待了人间大变，你发现了奇葩异彩，你的生活像三级跳，你为你一辈子经历了旁人的至少三辈子而骄傲自豪……[①]

以上很多词语，比如“红旗招展”“锣鼓喧天”“人海心潮”“好与更好”“新与更新”等，并不直接对应傅大成的具体经历，也没有在细节上一一展现，它们只具有背景墙的

① 王蒙著：《笑的风》，作家出版社 2020 年版，第 189 页。

参照意义，但另一面，它们又起着推动叙事向前的功能，小说正是在这种排比式的“言语流”中，向前推进。排比句式是“言语流”（或王干说的“王蒙流”[①]）的关键，其既造成一种繁复、复沓的效果，又能很好地把叙事和时间进程往前推进，既变幻莫测，又变换迅捷，既看似简洁有力，又显得拖沓复沓，既层次分明，又繁花似锦。这种“语言流”，很大程度上就是一种言语行为，即通过语言的表达本身而达到或完成的效果，其某种程度上反映的是人类“意向”的复杂含混性。

但王蒙的“语言流”，又不同于一般意义上的言语行为，它并不属于奥斯汀或约翰·R. 塞尔所归纳的那几类；王蒙的“语言流”是一种效果综合值，其既有断言、指令、承诺、表情和宣布等多重言外之意，又不是其中之一种。“说话人的话语意义和句意并不匹配”，“其意即其所言，但同时还表达其他东西”[②]。这种情况，毋宁说属于约翰·R. 塞尔所说的“间接言语行为”：所言既是叙事，也是抒情，既是表意，也是表情，既是宣示，也是自证。可见，言语行为在王蒙这里，既是作为叙事的推动力，也是作为叙事的阻遏力发生作用的；既起着放缓叙事节奏的作用，又起着加快节奏

① 参见王干《王蒙〈笑的风〉：假如生活欺骗了你》一文，《文艺报》，2020 年 7 月 27 日第 5 版。

② 约翰·R. 塞尔著，王加为、赵明珠译：《表达与意义》，商务印书馆 2017 年版，第 4 页。

的作用。这就使得王蒙的小说具有某种一波三折、一唱三叹和回环往复的叙事效果。

当代文坛，关注语言表达中的“言语行为”倾向的作家，陈希我可能是另外一例，在他那里，言语行为是通过对话完成的，对话中的自己（也是分裂的自己）和对话的两个人，在对话的逻辑推动下，产生连锁反应，并做出出格的举动，以此推进情节和叙事的展开。王蒙则不关注对话。他专注的是叙事上的灵活多样和叙述者叙述的随意进出。他虽然讲述的是傅大成的一生经历，但叙事视角却并不是在傅大成身上。傅大成的视角和作者的视角常常是混为一体的（当然，我们亦不妨把傅大成看成是作者思想的代言人），这种混同，使得王蒙的《笑的风》成为了詹姆斯·伍德意义上的“自由间接体”的表现：“只要一开始讲某个角色的故事，叙述就似乎想要把自己围绕那个角色折起来，想要融入那个角色，想要呈现出他或她思考和言谈的方式。一个小说家的全知很快就成了一种秘密的分享，这就叫‘自由间接体’”，“叙述似乎从小说家那里飘远了，带上了人物的种种特征，人物现在似乎‘拥有’了这些词。作家大可以把描写的所思所想往里折，使之围绕着人物自己的词汇。我们离意识流十分接近了……你会注意到这种内在的独白，不用任何提示或引号”。“多亏了自由间接体，我们可以通过人物的眼睛和语言来看世界，同时也用上了作者的眼睛和语言。我们同时占据着全知和偏见。作者和角色之间打开了一道间隙——而自由间接体本身就是一座桥，它在贯通间隔的同时，又引导我们注意两者之间存在的距离。”①

可以这样理解，“自由间接体”有意制造混同，同时也乐于在这种混同中自由游走。当你（读者）认为这是作者/叙述者的话，其实是主人公的话，而当你认定这里的情感状态和思想倾向是出自主人公时，其实却又是源出于作者或叙述者。“自由间接体”的“自由”，正体现在这种从心所欲不逾矩的自由穿梭中。而这，似乎正是老年王蒙及其小说所显示出来的重要特征。王蒙追求的不是命题内容的确切性和以言行事的明晰性，他追求的是一种适应性：各种相似的或相反的命题内容并置一起产生的适应性；命题内容间彼此矛盾、颉颃而又相互呼应，构成一种整体上的含混效果。比如这段：“然后三大伯六大叔、五大婶四大姨、妇女主任、书记、村长、会计、出纳，这爷爷那奶奶，除地富分子外，都来了，连新婚不久的姐姐嫂嫂们也都来找他谈心拉呱打趣，吃他的豆腐，暗示明示，他的新婚必将出现火星四溅、山花怒放、哼哧哼哧、人生奇趣盛况。”② 显然，这里的数字“三”“四”“五”“六”是没有实际意义的，妇女主任、书记和村长，也并不表明他们会一定出现，而至于形容词“火星四溅”等等，亦非实指。这些词语的使用，只是在制造一种

① 詹姆斯·伍德著，黄远帆译：《小说机杼》，河南大学出版社 2015 年版，第 4 页、第 6 页、第 7 页。

② 王蒙著：《笑的风》，作家出版社 2020 年版，第 6 页。

语言叙述的效果，而至于语义内容，则是在这种叙述效果中实现和指明的，这是一种精确和不精确的语义内容：语言的繁复只在表明语义内容的重要性，语言的确切性只能在重要性上去确立。

不难看出，王蒙的小说其实是创造了一种语言的“乌托邦”风格：“乌托邦提供了安慰：尽管它们没有真真的所在地，但是，还是存在着一个它们可以在其中展露自身的奇异的、平静的区域；它们开发了拥有康庄大道和优美花园的城市，展现了生活轻松自如的国家，虽然通向这些城市和国家的道路是虚幻的……乌托邦是处于语言的经纬方向的，并且是处于寓言的基本维度内的”[①]。即是说，他创造了各种词汇共存的秩序，在这一秩序中，他并不追求表达的语义的准确，而追求词汇间的共存与和谐关系。词与词之间的彼此生发和映照关系，使得词语间的“协同性”要高于其语义意义间的同一性，表达的自由超越其语义的限制之外。

二

如果说《笑的风》追求的是一种表达的自由的话，王蒙其实心里明白，一个人的一生，真正的自由是不可能实现，也不存在的，限制才是人生的常情常态。《笑的风》中

① 福柯著，莫伟民译：《词与物》，上海三联书店 2016 年版，第 4 页。

有一个细节让人印象深刻，即杜小鹃的老年转向。早年的杜小鹃大胆、反叛、不循常规和不顾一切，她表现出思想和行为都很前卫的特点，未婚先育是其重要表征。但有意味的是，当早年送走的儿子重又回到身边时，进入老年的小鹃开始表现出回归的倾向：早年的不循常规，一变而为中规中矩和小心谨慎，她心怀自责和内疚，心甘情愿和满心欢喜地回到母子亲情与祖孙亲情的天伦之乐中，最终离开了傅大成。

在这里，老年和逆转，是两个值得分析的关键词。这里的老年，可以从两个方面展开分析，一种是老年写作，一种是老年心态。王蒙称得上是老年写作的重要代表，但他与一般的老年写作明显不同。一般的老年写作者，会从年轻时的先锋姿态和浪漫主义回到传统现实主义的路子上来；思想趋于保守和文风朴拙是老年写作比较普遍的特点，比如说刘心武、马原近几年的作品，就可以作如是观。但王蒙却恰恰相反。早年的王蒙，文风朴实，现在则表现为某种语言的狂欢和大开大合。语言的狂欢表明的是言说大于语义。即是说，王蒙更加追求的是言语行为的表达本身，而不仅仅是表意或语义。这种倾向，在其近十数年来的创作中，有过之而无不及的表现，在在印证了王蒙从心所欲不逾矩和老而文风自由的境界。请看小说结尾处：

几个月后，二〇二〇，我也就八十岁啦，大成想。我选用个什么字去说明自己的年龄呢？……

居然我傅大成也杖朝——可以拄起拐棍上朝了？耄而且耋了？多么有趣啊，一个网络的“小编”居然混淆了耄耋与饕餮，将一位知名人士的进入耄耋之年写成进入饕餮之年，多么快乐呀，八十岁时候痛痛快快地进入了大吃大喝的饕餮之年喽。[①]

这段话表明了一种老年心态，即从心所欲不逾矩的意思。进入了 80 岁，其实也就进入自由自主的状态了。但事实上呢，比如说杜小鹃，却越加趋向于保守和传统，越加倾向于自我约束和限制。在这部小说中，傅大成和王蒙的自由，与杜小鹃的不自由，两者之间构成一种富有意味的对话关系。这一对话关系，又是作为老年的王蒙与保守的老年之间的对话关系的映衬。因此不难看出，通过《笑的风》的写作，王蒙所要表达的可以说是对“自由”和不自由之间矛盾的思考和对从心所欲不逾矩的自由境界的追求。这种自由境界，亦可以看成是哲学上“自由王国”的某种表现。

王蒙当然明白人生的诸多限制不可避免，但也不愿放弃对自由的追求，种种矛盾和困惑表现在小说中，最终都落实和聚焦在“笑的风”这一意象的形塑上。傅大成的一生，可以看成是“笑的风”这一意象所鼓动下的人生起伏。它被“笑的风”所吸引，所迷惑，所推动，所促成，最后又被其

① 王蒙著：《笑的风》，作家出版社 2020 年版，第 272—273 页。

遗弃。他被“笑的风”所迷惑，所以最开始不愿意娶与它无关的白甜美，又因“笑的风”（他把白甜美想象成“笑的风”的实施者）而接受了她；后来，当结识浪漫迷人的杜小鹃，又认为她才是“笑的风”的真正作者，于是乎不顾一切地离婚并同她走到了一起。及至进入老年，当杜小鹃离开自己，他又变得疑惑不已，并对这“笑的风”的有无存在真正怀疑起来：他人生中的这一“笑的风”存在吗？似乎存在，似乎又只是想象出来的。其若有若无表明，“笑的风”既是一个意象，同时也可以说是一种意向，其似有似无有还却无，无又似有，最是让人迷恋，也最是让人苦恼。这“笑的风”某种程度上正是“自由”的隐喻性表达，其表明的正是某种朦胧的意向性状态：“意向性是为许多心智状态和事件所具有的这样一种性质，即这些心智状态或事件通过它而指向或关于或涉及世界上的对象和事态。”“意向性不同于意识。许多意识状态都不是意向性，比如一瞬间的得意感，而且，许多意向状态也不是有意识的，比如我就有许多当下未加考虑而且可能从不会考虑到的信念。”①

小说开头是这样描写“笑的风”的：“这晚大成跑步出发，上完厕所缓缓回到只有臭小子汗味与某些梦遗气味的宿舍，路上，恍惚听到春风送来的一缕女孩子笑声。”“这次夜风吹送的笑声清脆活泼，天真烂漫，如流星如浪花如夜鸟啼

① 约翰·R. 塞尔著，刘叶涛、冯立荣译：《意向性：论心灵哲学》，上海人民出版社 2019 年版，第 1 页、第 2 页。

鸣，随风渐起，擦响耳膜，掠过脸孔，弹拨抚摸身躯，挑动思绪。风因笑而迷人，笑因风而起伏。然后随风而逝，渐行渐远，恋恋不舍，复归于平静安息。”① 客观地说，这“笑的风”，激起的乃是当时语境下遭到压抑的朦胧的情欲，只因这“笑的风”虚无缥缈、若有若无，才与浪漫情思和诗情遐想有了关联，题为《笑的风》的诗作才有可能诞生。

显然，这情欲力比多转化而为浪漫诗情，是弗洛伊德艺术升华说的典型表征，但若从心灵哲学的角度看，这若有若无的状态表明的恰是一种无以名状、不可名状但又确实存在的“意向性”。这种意向性可以理解为两种趋力夹峙下的某种追求，即通过艺术而得以表达和实现的人生追求和力比多情欲的混合。傅大成的一生常常显示出务虚性和务实性的背反。他被朦胧的欲望驱使，却在想象性的圆满中获得满足；其中所有的感触、思考、矛盾、困惑和体认，都与此有关。

在这里，我们把“笑的风”视为一种意向性，并非要把问题复杂化，而只是表明其在傅大成人生历程中的重要性。从这个角度看，王蒙的《笑的风》的意义正在于把长期以来不被作家关注的命题表达出来，它提请我们注意人类的“心灵哲学”命题。这当然是这一小说的功绩之所在。但我们的分析却不能仅止于此，某种程度上可以说，这一心灵哲

---

① 王蒙著:《笑的风》，作家出版社 2020 年版，第 1 页、第 2 页。

学，有其背后的政治经济学基础和“政治无意识”表征。说其背后有政治经济学基础，是基于傅大成人生中的几次“晕眩”[①] 体验。这与当年吴老太爷（茅盾《子夜》）从乡下来到大上海而产生的震惊反应有异曲同工之妙。这都是典型的现代性震惊体验，但傅大成并没有因“晕眩”而从此长眠不醒，因此与其说傅大成是被“笑的风”所鼓荡，不如说是被“晕眩”所刺激，“晕眩”实际上构成了他人生命运的推动力和间断性经历的起点。第一次“晕眩”发生于回想“奇异的风的笑声，笑的风声”时产生的反应：“两眼发黑，大汗淋漓，天旋地转”[②]。第二次发生在北京参加文学笔会期间，“两眼发黑，周围的一切开始越来越快地旋转”[③]。虽然说，这两次晕眩都与“笑的风”之意象密不可分，但两次“晕眩”的意义，在傅大成那里显然是不同的。第一次的“晕眩”，使得傅大成萌发了超越其农民阶层属性的冲动，具言之，就是对虚幻的和审美的纯粹体验的朦胧追求；第二次“晕眩”，则使得傅大成明白一点，世界原来可以这样绚丽多彩、声色多姿。这是从实（即农民实用理性）到虚（审美性和情感性）的追求与从想象而趋于实际的双向辩证过程的实现，是意识产生中的从无意识到有意识的变化；第一次“晕眩”中，想象的成分大于实际存在，“笑的风”倏忽

① 王蒙著：《笑的风》，作家出版社 2020 年版，第 2 页、第 51 页。
② 王蒙著：《笑的风》，作家出版社 2020 年版，第 2 页。
③ 王蒙著：《笑的风》，作家出版社 2020 年版，第 51 页。

而来，瞬间而逝，令人迷恋、迷惑和怅然若失；第二次“晕眩”却是源自于现实的确确实实的刺激，所谓现代性的声光电色——歌声、笑声、掌声、美色、美声和美光。

可以说，正是这“晕眩”的不断刺激，使得傅大成产生了有意识改变其农民习性、地位乃至“情感结构”的想法。这是现代性意义上的“风景之发现”，而用他自己的话说，就是发现并找回了自己：“他似乎刚刚找到了自己，也就是说，他再也找不到原来的自己了”[①]。这从“原来的自己”到现在的“自己”的转变，显现出来的就是因现代性的刺激而产生的挣脱农民出身所带来的限制的明确意识，这种转变在他与白甜美的矛盾关系中有集中呈现。开始的不想娶，到后来的欣然同意，到夫妻之间的琴瑟和鸣，到后来的分道扬镳，如此种种，都因白甜美的农民出身，和自己努力挣脱农民出身的原欲密不可分。而这也意味着，白甜美其实构成了傅大成的前史，他的挣脱白甜美的冲动中有着努力挣脱农民身份的印记的成分在。

这样一种复杂关系，也体现在傅大成与杜小鹃的关系中。对心灵自由与审美的向往，在“贫下中农”出身的作家傅大成那里，显然是外在的和现代性的某种强加，而对杜小鹃——一个知识分子家庭出身的知识分子来说，却是自然而然的甚至可以说是骨子里的遗传基因，这是他们的同和异。

---

① 王蒙著：《笑的风》，作家出版社 2020 年版，第 54 页。

这种异同关系，某种程度上决定了，一个（傅大成）年轻时说服自己生活在子女身边，一个（杜小鹃）年轻时毅然抛弃了儿子，一个（傅大成）老年时悲壮地离开了子女，一个（杜小鹃）老年时期欢快地回到了子女身边；在这里，决绝之于杜小鹃和傅大成显然都是一种姿态，区别只在于：前者发生在青年时期，后者发生在老年时期。从这个角度看，他们属于互为前提和结果的镜像结构关系，即所谓对方是自己的真理，自己是对方的补充；他们一生都在苦苦地追寻，他们始终都不曾意识到这点。从这个角度看，他们两人的矛盾对立关系，其实构成个体完整人生的命运之象征。

三

这可能正是傅大成和王蒙的不同之处，虽然我们常常不免把《笑的风》视为作者的自叙传之类。作为人物形象的傅大成和杜小鹃可能意识不到，作为小说家特别是进入耄耋之年的王蒙，却是十分清醒：写作（王蒙和傅大成的写作）尽可以实现可能的自由，作为人生，却时刻要被限制在一定的规范之内，即使随着时间的流逝，年龄渐老，也难有例外，傅大成的凄凉晚年或可证明这点。这种思考体现在小说中，还是要回到“笑的风”之意象和语言表达上来。文学的妙处可以是文字表达上的虚虚实实，“笑的风”的若有若无，和对“存在的可能性”命题的表象，既不可太实，亦不能太虚；文学的魅力，正体现在这种张力结构之中。通过“笑的风”这一意象的营造，王蒙让我们看到：年龄越大，越可以做到从心所欲不逾矩。这可能就是王蒙和他的《笑的风》给我们的启示吧。

（原载《艺术评论》2020 年第 11 期）

读《笑的风》随记

王 安

中国国家交响乐团原党委书记、四川文化艺术学院王蒙文学艺术馆馆长

聂震宁说，王蒙的作品可以翻着读，从哪里读你都会有收获。就是说王蒙的作品可以切割，这也是黄金的性质。于是笔者不再追求大而全，而是以欣赏的心情徜徉于他的新作《笑的风》中。

第一章 春风飘扬 “喜”从天降

《葡萄仙子》

黎锦晖曲，作于1922年，最早发表于《小朋友》周刊上，一种长篇的故事歌，后称儿童歌舞剧。它讲述了葡萄仙子保护花园植物健康成长、果实大家分享的童话故事，符合今天绿色环保的理念。

一念之差

一念之差，乃至于此。一念之美，何尝不如是乎？

傅大成面对自己的婚事自欺自解，一半是豁达，一半是阿Q，实出无奈。前句见宋曾慥《类说》卷四十七引《遁斋闲览》：“一念之误，乃至于此。”

晕眩

大成起夜上厕所听到风的笑声，笑的风声，两眼发黑，大汗淋漓，天旋地转，呻吟一声，还惊动了同宿舍的同学问他怎么了。此后，他犯晕则生变，生变则失控，失控则麻烦至，麻烦至则喜忧参半，别有洞天，心急如火，风光旖旎，不能自已——这是他的命！

甜其甜而美其美

傅大成在没有回天之力的情况下妥协了，接受了与白甜美的婚姻，这似乎是傅、白日后离婚的重要原因。“父母之命，媒妁之言”与“科举”一样被重重打上了封建主义的标签，过去我们把不幸的婚姻归咎为封建主义和旧社会，其实没这么简单。不幸的婚姻也许永远会有，人的心魔难除，心魔是什么？小说在痛心疾首地追问！

第二章　大媳妇的力量与风景

墙里秋千墙外道

墙里秋千墙外道……笑渐不闻声渐悄，多情却被无情恼。

见苏轼《蝶恋花·春景》，大成借此表达自己真实的心态，“墙里”与“墙外”、“多情”与“无情”融入了多少人生的况味！

固一世之雄也，而今安在哉！

见苏轼《前赤壁赋》，傅大成借此想说明白甜美身上有一种非同寻常的力量与风景，有历史的积淀与民族的融合，绝对不能小觑。

日月光华，旦复旦兮。

见《尚书・虞夏传・卿云歌》，神圣、恢弘、豪迈与希望！大成虽有不安与忧愁，但他努力开拓自己，对未来充满希望。

逝者如斯夫，不舍昼夜。

见孔子《论语・子罕》："子在川上曰：逝者如斯夫！不舍昼夜。"此语已经成为中华民族共同的喟叹！有为，无为；修齐治平，豁然开朗；建功立业，功遂身退。一切的一，一的一切都簌坎镗鞳于这伟大的喟叹之中！

老有所终

老有所终，壮有所用，幼有所长，矜寡孤独废疾者皆有所养，男有分，女有归。

见西汉戴圣编《礼记・礼运》："大道之行也，天下为公，选贤与能，讲信修睦。故人不独亲其亲，不独子其子，使老有所终，壮有所用，幼有所长，矜寡孤独废疾者皆有所养，男有分，女有归。货恶其弃于地也，不必藏于己；力恶其不出于身也，不必为己。是故谋闭而不兴，盗窃乱贼而不作，故外户而不闭，是谓大同。"崇尚世界大同，与共产主义的伟大理想何其相似！

安分

大成在Z城躲完了、冷完了自己的家属，又千方百计盼家眷、迎家眷、接家眷。他用自己熟悉的文学典籍和人物说服并感动了自己，体会到每个人只是他或她唯一的自己，这就叫安分。

第三章　暖和的小家家

晏殊

生卒年：991年—1055年，享年64岁，字同叔，芜州临川人，北宋前期著名词人。

晏几道

生卒年：1038年—1110年，享年72岁，字叔原，晏殊之子，北宋词人。晏殊与晏几道这对父子一个经略天下，一个醉卧花丛。经略天下也好，醉卧花丛也罢，最终能让他俩青史留名，并获得人生价值的都是诗词。

大仲马

生卒年：1802年—1870年，享年68岁，19世纪法国浪漫主义小说家、剧作家，代表作长篇小说《基督山伯爵》《三个火枪手》。大仲马信守共和政见，反对君主专政。2002年，大仲马去世132年后遗骸移入了法国先贤祠。

小仲马

生卒年：1824 年—1895 年，享年 71 岁，大仲马之子，19 世纪法国小说家、剧作家，代表作长篇小说《茶花女》。小仲马是法国小说家大仲马任奥尔良公爵秘书处的文书抄写员时，与一女裁缝的私生子。

第四章　动荡年代的平安与幸福

两本菜谱

“文革”中，《中华名菜谱》和《大众食堂菜谱》受到欢迎。

手抄小说

“文革”时期，文化生活单调，除了八个样板戏和一本小说《艳阳天》外无戏可看，无书可读，手抄小说应运而生。

第五章　啊！北京

《门德尔松·e 小调小提琴协奏曲》

德国犹太裔作曲家门德尔松最成熟的器乐代表作之一，体现了初期浪漫主义音乐的风格及个人的创作特征，作品以精美、优雅、华丽著称。

《玛丽诺之歌》

苏联电影《蜻蜓姑娘》插曲，特点是遇到歌曲里的衬词曲段，飞速唱出“阿吧嘚儿哩嘚儿哩嘚儿哩嘚儿哩嘚儿哩嘚儿哩嘚儿哩呆啦……”宣泄青春和苏维埃工人阶级的幸福感、获得感、优越感。

《哈萨克圆舞曲》

哈萨克共和国人民演员哈丽玛·纳塞洛娃在1952年访华演出时演唱过：“红场上，歌声震荡，红旗飘扬，永远照耀大地，灿烂星光，哈哈哈哈，小河的水，流向大海，我也同样向往，永远永远永远，哈哈哈哈，哈哈哈哈……”气势如虎如虹！

第六章　患病见真情

《二心集·宣传与做戏》

《二心集》是鲁迅1930—1931两年间的杂文结集。《宣传与做戏》最初发表于1931年11月20日《北斗》第一卷第三期上，署名冬华。茅盾在纪念鲁迅诞辰80周年的大会上评价鲁迅：“除了匕首、投枪，也还有发聋振聩的木铎，有悠然发人深思的静夜钟声。”“匕首”“投枪”，指鲁迅杂文。

走遍俄罗斯大地，看不到一双美丽女人的脚板。

出自普希金长篇诗体小说《叶甫盖尼·奥涅金》。主人公奥涅金体现了一部分贵族青年的思想面貌和悲剧命运，他们是思想上的巨人，行动上的矮子，塑造了俄罗斯文学中第一个“多余人”。

新荷脱瓣月生芽，尖瘦帮柔绣满花。

见明唐伯虎《咏纤足俳歌》：“第一娇娃，金莲最佳。看凤头一对堪夸，新荷脱瓣月生芽，尖瘦帮柔绣满花。从别后，不见他，双凫何日再交加。腰边搂，肩上架，背儿擎住手儿拿。”从俄罗斯到中国，从普希金到唐伯虎，女人的脚板吸引着文学家的目光！文学是一种生命现象，此言不虚。

第七章　一曲温柔《乡恋》痴

《乡恋》

1980 年年初电视片《三峡的传说》的插曲，由李谷一演唱，中央电视台 1983 年央视春晚播出后风靡全国，也带来争议，有警惕防范的质疑与欢呼雀跃的新潮汹涌，新时期文艺一路走来，起起伏伏，说来话长。

《彩云追月》

见于清代，是著名的粤音曲谱，其风格轻快独特，描写了小市民平凡生活的轻松写意，彰显了典型的广东民间音乐风格。李鸿章任两广总督时曾将此曲抄送大内演奏。

《我的太阳》

一首创作于 1898 年的那不勒斯（拿波里）歌曲，广为流传，是世界三大男高音歌唱家之一帕瓦罗蒂的代表作，尽管该首歌词已被翻译成多种语言，但多数时候还使用拿波里方言演唱。

第八章　嘛事儿啊，他妹子

《红楼梦》

中国古典小说巅峰之作，中国封建社会的百科全书，传统文化的集大成者。一般认为是清代作家曹雪芹所著，版本可分为120回“程本”和80回“脂本”两大系统。程本为程伟元排印的印刷本，脂本为脂砚斋在不同时期抄评的早期手抄本，脂本是程本的底本。小说以贾、史、王、薛四大家族的兴衰为背景，以贾宝玉与林黛玉、薛宝钗的爱情婚姻悲剧为主线展开故事。毛泽东主席在《十大关系》中把《红楼梦》视为中华民族的伟大品格。20世纪以来，学术界因《红楼梦》异常出色的艺术成就和丰富深刻的思想底蕴而产生了以《红楼梦》为研究对象的专门学问——红学。

执子之手，与子偕老。

见《诗经·邶风·击鼓》：“……死生契阔，与子成说。执子之手，与子偕老……”与相爱的人携手变老，爱情佳话，实现并不容易。

天地合，乃敢与君绝。

见汉佚名《汉乐府民歌·上邪》：“上邪，我欲与君相知，长命无绝衰。山无陵，江水为竭，冬雷震震，夏雨雪，天地合，乃敢与君绝。”天塌下来，我才敢离开你，一首情歌，一个女子连用五件不可能的事情表明自己生死不渝的爱情。

第九章　大上海、《小街》、蓬拆拆

《诗经·王风·采葛》

彼采萧兮，一日不见，如三秋兮！

见《诗经·王风·采葛》："彼采葛兮，一日不见，如三月兮。彼采萧兮，一日不见，如三秋兮。彼采艾兮，一日不见，如三岁兮。"歌颂劳动与爱情。傅大成、杜小鹃自北京一别三年后上海重逢，却有"三秋不见，只如一日兮！"的感觉，有缘之人。

冀枝叶之峻茂兮，愿俟时乎吾将刈。

见屈原《离骚》："……畦留夷与揭车兮，杂杜衡与芳芷。冀枝叶之峻茂兮，愿俟时乎吾将刈（我希望它们都枝繁叶茂，等待我到时收割）……"，杜小鹃咏之以表达自己的期待。

知我者谓我心忧，不知我者谓我何求。

见《诗经·王风·黍离》："彼黍离离，彼稷之苗。行迈靡靡，中心摇摇。知我者谓我心忧，不知我者谓我何求。悠悠苍天，此何人哉？……"傅大成咏之以表达对杜小鹃的另一番道理猜不透。

博学而详说之，将以反说约也。

见《孟子·离娄章句下·第十五节》，广博地学习详细地阐述，是为了简约地表达。诚如苏轼所说"博观而约取，厚积而薄发"。傅大成、杜小鹃进行了一番"火星与仙女"

般的对话，既遥远，又切近。杜小鹃引“亚圣”之言，竟是为了送大成一副自己织的鳖脚的手套，其情殷殷。

1+1（仍然是）=1

傅大成、杜小鹃上海重逢，一段数字的表达耐人寻味：

5：文学活动的天数；120：文学活动的小时数，日程紧凑；36：与会人数；

28：工作人员；64：36与28之和；2：傅、杜感觉是双人活动，双就是2；2：2就是双；2＞1：双比单好；2＜3：双比散（3）好，比多好；2：心里只有二人传；62：其他人成陪衬；1+1=2：傅加杜，一男加一女；1+1（仍然是）=1：情投意合，合二而一。

福建的一个同志说，最美的文学是数学，最美的诗是数学！诚哉斯言。

第十章　火星、仙女、窑子货

吟安一个字，捻断数茎须。

见唐卢延让《苦吟》：“莫话诗中事，诗中难更无。吟安一个字，捻断数茎须。险觅天应闷，狂搜海亦枯。不同文赋易，为著者之乎。”此话虽道出了写作人的甘苦，却不足为训，重要的是把饼吃下去，而不是怎么吃。

人生自古谁无死，留取丹心照汗青。

见南宋文天祥《过零丁洋》：“辛苦遭逢起一经，干戈寥落四周星。山河破碎风飘絮，身世浮沉雨打萍。惶恐滩头说惶恐，零丁洋里叹零丁。人生自古谁无死，留取丹心照汗青。”屈原、岳飞、陆游、文天祥、方志敏等无数仁人志士都留下了爱国主义的篇章激励中华民族的子孙。

十年一觉扬州梦，留得青楼薄幸名。

见唐杜牧《七绝·遣怀》：“落魄江南载酒行，楚腰肠断掌中轻。十年一觉扬州梦，赢得青楼薄幸名。”杜牧与李商隐被称为“小李杜”，大诗人尚且如此，莫非落魄、酒、梦、青楼乃“文房四宝”乎？

一见短袖子

一见短袖子，立刻想到白臂膊，立刻想到全裸体……

见鲁迅《而已集·小杂感》：“一见短袖子，立刻想到白臂膊，立刻想到全裸体，立刻想到生殖器，立刻想到性交，立刻想到杂交，立刻想到私生子。中国人的想象惟在这一层能够飞跃。”鲁迅先生剖析国民的劣根性一针见血。

第十一章　只不过是想念你

《未了想念情》

阿凤是唱着她最痛恨的爸爸的先情人、后妻子，再后是前妻的杜小鹃的诗走红的，大成想不明白这是谁的构思，谁的导演，谁的脚本，谁的指挥？阿凤解释说“红了它，也就是解构了它”，然后咯咯大笑，女儿看得开。

落花流水春去也，天上人间。

见南唐后主李煜《浪淘沙·怀旧》："帘外雨潺潺，春意阑珊。罗衾不耐五更寒。梦里不知身是客，一晌贪欢。独自莫凭栏，无限江山。别时容易见时难。流水落花春去也，天上人间。"政治上生不逢时，文学上独树一帜，后主之命也！

伸冤在我，我必报应。

出自《圣经·罗马书》，它出现在《安娜·卡列尼娜》的卷首语上。十分沉重的一句话，似谶语，似暗示，似诅咒，似呼天抢地，出现在小鹃诗中绝非偶然。

西柏林地平线艺术节

西柏林举行艺术节活动始于20世纪50年代，从1979年开始每3年举办一次，由西柏林艺术节有限公司举办，通过艺术进行"对话"。过去西方人总以为耶路撒冷、雅典或者罗马是世界的中心，世界受这一中心所支配，现在他们的看法有所改变。中国作家代表团应邀出席了1985年西柏林地平线艺术节并出访德意志联邦共和国。

第十二章　一九八五年西柏林地平线上

四国占领　两区分治

四国占领：1945年6月5日，苏、美、英、法四国驻德占领军总司令在柏林正式声明把德国分成4个部分，东区归苏、西北区归英、西南区归美、西区归法，即四国占领。

两区分治：“大柏林”区由四国共同占领，城市被分割为两个区域，东柏林成为了东德的首都，而西柏林事实上成为了西德在东德的一块飞地，被柏林墙围住，即两区分治。

第十三章　洲际饭店梦幻曲

《灯光》

苏联歌曲，伊萨柯夫斯基作词，马特维·勃兰特尔作曲。它最出色的构思是捕捉到了“灯光”这一富有诗情的意象。“灯光”不仅是爱情、平安、幸福的象征，而且它把前线和后方联结起来，后方的“灯光”一直照耀着、温暖着前方战士的心，直到最后胜利。

《梦幻曲》

即《童年情景》之梦幻曲，完成于1838年，为舒曼所作十三首《童年情景》中的第七首。

《莉莉·玛莲》

这首歌原题《路灯下的女孩》，后来以《莉莉·玛莲》驰名。此歌曲在第二次世界大战中被交战国双方所喜爱，甚至出现了轴心国和同盟国士兵在战壕里同时哼唱此歌的场景，这些在法斯宾德1981年执导的影片《莉莉·玛莲》中都有所表现。

第十四章　滚石击打爱情生猛

湿婆大神

印度教三大主神之一，兼具生殖与毁灭、创造与破坏双重性格，呈现各种奇谲怪诞的不同相貌，主要有林伽相、恐怖相、温柔相、超人相、三面相、舞王相等变相，林伽（男根）是湿婆的最基本象征。湿婆的性别并不固定。

《二十夜问》

印度神话《二十夜问》原名《红颜月》，意思是月的颜色热红得像少女的脸一样，它是一部较大故事书《乳海的旋搅》第十六部分。

第十五章　枪杀了也是爱了

考涅楚克　客里空

考涅楚克（1905—1972），享年 67 岁，苏联剧作家。

客里空是考涅楚克卫国战争期间著名剧作《前线》中的一个角色，此剧受到毛泽东主席称赞。剧中印象最深的两个人物：一个是前线总指挥戈尔洛夫将军，老资格的布尔什维克，有功劳，对党忠诚，打仗勇敢，但故步自封，骄傲自大。另一个人物是脱离实际，靠捕风捉影甚至编造事实来写报道的记者客里空。

《格兰特船长的儿女》《快乐的风》

《格兰特船长的儿女》：法国科幻小说家儒勒·凡尔纳最著名的“海洋三部曲”的第一部，1936年苏联将其搬上银幕。

《快乐的风》：《格兰特船长的儿女》影片主题曲，又译《风之歌》，热情颂扬少年男主角勇敢、坚强、不畏风险的探索精神。歌词健康明朗，与小说《笑的风》追求一致。

那过去了的，就会变成亲切的怀恋。

普希金诗《假如生活欺骗了你》中的最后一句，我们大家都可以站出来为它作证。

一要生存，二要温饱，三要发展

一要生存，二要温饱，三要发展。苟有阻碍这前途者，无论是古是今，是人是鬼，是《三坟》《五典》，百宋千元……祖传丸散，秘制膏丹，全都踏倒他。

见鲁迅《华盖集》，亦见《茅盾散文集·鲁迅论》，窃以为鲁迅所说正是我们今天改革开放所追求的目标。

第十六章　离婚过堂

包公（包拯）

生卒年：999年—1062年，享年63岁，字希仁，庐州合肥（今安徽合肥肥东）人，北宋名臣。包拯廉洁公正、立朝刚毅，不附权贵，铁面无私，且英明决断，敢于替百姓申不平，故有“包青天”之名。

《西厢记》

元代王实甫创作的杂剧，大约写于元贞、大德年间。全剧书写了书生张生（名珙字君瑞）与相国小姐崔莺莺在仕女红娘的帮助下，冲破孙飞虎、崔母、郑恒等人的重重阻挠，终成眷属的故事。该剧具有很浓的反封建礼教的色彩。

第十七章　拳打脚踢目标清

李清照

生卒年：约 1084 年—1155 年，享年 71 岁，号易安居士，齐州济南（今山东省济南市章丘区）人。宋代女词人，婉约词派代表，有“千古第一才女”之称。

朱淑真

生卒年：约 1135 年—1180 年，享年 45 岁，号幽栖居士，祖籍安徽歙州（今安徽歙县）。生于仕宦家庭，其父曾在浙西做官，家境优裕。幼颖慧，博通经史，能文善画，精晓音律，尤工诗词，素有才女之称。

管道升

生卒年：1262 年—1319 年，享年 57 岁，字仲姬，浙江德清茅山（今浙江干山镇茅山村）人，元代著名的女书法家、画家、诗词作家。

柳如是

生卒年：1618 年—1664 年，享年 46 岁，本名杨爱，字如是，又称河东君，因读宋朝辛弃疾《贺新郎》中“我见青山多妩媚，料青山见我应如是”，故自号如是，浙江嘉兴人，明末清初女诗人。

林徽因

生卒年：1904年—1955年，享年51岁，祖籍福建闽县（今福建福州），出生于浙江杭州。林徽因是中国建筑师、诗人和作家，建筑学家梁思成的妻子。代表作品有《你是人间四月天》《莲灯》《九十九度中》等。

第十八章　为妇女出气“哈勒绍”

《美丽的贾奈》

哈萨克流传六百年的民歌，“贾奈”就是“佳人”，伊万诺夫唱起民歌，得到妻子谅解，领回儿子，心情愉快。

第十九章　要不，你还是回去吧

马勒

生卒年：1860年—1911年，享年51岁，杰出的奥地利作曲家及指挥家。1885年在莱比锡指挥门德尔松的清唱剧《圣·保罗》获得巨大的成功，是现代音乐会演出模式的缔造者。代表作有交响乐《巨人》《复活》和《大地之歌》等。

《多瑙河之波》

罗马尼亚作曲家扬·伊万诺维奇于 1880 年创作《多瑙河之波圆舞曲》管弦乐曲，后被改编为钢琴曲、声乐曲等。本曲曾在 1889 年的巴黎万国博览会上荣获作曲奖。

《沃尔塔瓦河》

贝德里赫·斯美塔那的代表作交响诗套曲《我的祖国》中最著名的一首，它的主题深刻地融入了捷克民族的情感和意志，被称为捷克第二国歌。

第二十章　快意咏新歌

黎锦熙　黎锦光

黎锦熙（1890—1978），享年 88 岁，字劭西，出生于湖南湘潭，汉语言文字学家、词典编纂家、文字改革家、教育家。“黎氏八骏”排行大哥，对于语言学、文字学、词典学、语法学、修辞学、教育学、目录学、地理学、历史学、佛学等，都有很深的造诣和丰富的著述。

黎锦光（1907—1993），享年 86 岁，湖南湘潭人，著名音乐家，曾任中国中央芭蕾舞团交响乐团首任首席指挥。作品有《夜来香》《采槟榔》及《送我一枝玫瑰花》等。

《浮躁》

陕西小说大家贾平凹写出的商州系列第一部长篇小说。它以农村青年金狗与小水之间的感情经历为主线，描写了改革开放初始阶段暴露出来的问题，以及整个社会的浮躁状态。

第二十一章　神秘的烤箱究竟要烤什么呢

孔子

生卒年：前551年—前479年，享年72岁，名丘，字仲尼，鲁国陬邑（今山东曲阜）人，中国古代思想家、教育家，儒家学派创始人，有弟子三千，其中贤人七十二。晚年修订六经，去世后，其弟子及再传弟子把孔子及其弟子的言行语录和思想记录下来，整理编成《论语》。该书被奉为儒家经典。

苏格拉底

生卒年：前469年—前399年，享年70岁，古希腊哲学的创始人之一，他是一个神秘人物，没有作品，主要通过他之后的古典作家的著作而闻名，特别是他的学生柏拉图和色诺芬。

《圣经》

犹太教与基督教的经典，《圣经》不只是一本书，可以说是一套丛书，其中有长有短，有古老的作品，也有较近期的作品，内容包括：历史、诗歌、哲学，甚至私人信件和讲章。《旧约》是犹太教的《圣经》，《新约》是基督教的《圣经》。

第二十二章　幸福总是携带着一点尴尬

善作者不必善成

说是善作者不必善成，善始者不必善终。更多人说善始者众，善终者寡。

见司马迁《史记·乐毅列传》，傅大成感到了爱情的危机，但不想归咎于谁。

言不必行，行不必果。

见《孟子·离娄章句下》："大人者，言不必信；行不必果，惟义所在。"意思是通达的人说话不一定句句守信，做事不一定非有结果不可，只要合乎道义就行。

第二十三章　至人无梦

李耳（老子）

春秋陈国苦县（今河南陈州）人，生卒年月失载，中国古代思想家、哲学家、文学家和史学家，道家学派创始人和主要代表人物，与庄子并称"老庄"。长期在东周洛阳担任周朝守藏史，其思想核心是朴素的辩证法，主张无为而治、不言之教，物极必反，虚心实腹、不与人争。他的代表作《道德经》是全球发行量最大的著作之一。

第二十四章　神童现身满乾坤

《天伦》

电影《天伦》主题歌，钟石根词，黄自曲，郎毓秀演唱。其中歌词“人皆有母，翳我独无。”出自《左传·郑伯克段于鄢》：“尔有母遗，翳我独无。”杜小鹃与儿子及其家人团聚，又做奶油炸糕，又学唱老歌《天伦》，奶奶之情、嬷嬷之心凸显。

第二十五章　谁为这些无端被休的人妻洒泪立碑

四铭先生

1924 年鲁迅先生发表了小说《肥皂》，通过主人公四铭先生见孝女、买肥皂的事件，以及由肥皂掀起的家庭风波，戳穿了封建复古派关心世道人心、国家命运的画皮，把他们的反动本质和肮脏灵魂暴露在光天化日之下。

第二十六章　田园将芜胡不归

仁者寿，智者乐。

见孔子《论语·雍也篇》：“智者乐水，仁者乐山；智者动，仁者静；智者乐，仁者寿。”孔夫子说什么都那么合情合理，想得周到。悲剧庄严，喜剧智慧，悲剧之后是喜剧、闹剧、滑稽剧，是洋相百出。只要不是丑剧，都值得一写。

田园将芜胡不归

见陶渊明《归去来兮辞·并序》："……归去来兮，田园将芜胡不归？既自以心为形役，奚惆怅而独悲？悟已往之不谏，知来者之可追。……"田园要荒芜了，为什么不回去呢？傅大成杜小鹃的婚姻也面临田园将芜之势，大成心生去意——离婚。

第二十七章　玉堂春暖餐厅

爱妻主义

广州白天鹅酒店玉堂春暖餐厅傅、杜告别之地，双方没有怨怼，有表演成分但绝非表演，不否既往，不避问题，堪称文明分手。小娟让大成说说他的爱妻主义，大成说："妻是什么，是母亲，也是女儿，是老板，也是打工妹，是天使，也是妖精、狐狸精，是白骨精也行，妻是你的诸葛亮军师，也是你的办事员、跟班儿、丫鬟。是天使，是女神，是女仙，是护士，是救命的菩萨，是保镖，也是肉肉，张贤亮老哥写过的，宁夏农村，情郎管他的女子叫肉肉，女子管她的情郎叫狗狗。张贤亮老哥安息！人民的语言是多么贴切鲜活。人民万岁，妻子万岁！妻是鱼的水，是花的土，是云的天空，是雨的云朵，是笑容也是眼泪，是笑的风，是闹的风，是忍耐的小草，是沉默的羔羊，也是——对不起，是人体炸弹！是路，是地面，是雷达，是方向盘，是感受报警器，是地震还是各式各样，也就是什么都能，什么都是！”

这是大成的肺腑之言，是诗、是词、是曲，是宣言，是檄文，是眼泪，是段子，是起诉书，是郭老历史剧《屈原》中的雷电颂！

热笑与冷笑

傅、杜吃分手宴，杜小鹃心有不甘地表示还爱傅大成，大成笑了，热笑百分之六十九，冷笑百分之三十一。两个百分比幽默、真实、诚恳，离婚离到这份儿上也值了。

第二十八章　金丝雀与外语桥

《老黑奴》

美国歌曲，福斯特作曲，大成哼唱汉语歌词，小鹃用英文接着唱，然后又是大成的汉语歌词。大成与小鹃视频通话，说着马三立的“逗你玩”，想起福斯特的《老黑奴》，还能交互哼唱。别忘了这是离婚后，难得。

当生命的冬日来到

当生命中的冬日来到，我们无法要求春天回归；当白雪盖住我们额头的皱纹，爱情也许能回来，但那个人已经不在。

2018年2月25日，农历大年三十的晚上，杜小鹃用英文在视频通话中给大成背诵爱情小诗，充满感伤。

有生之年，仍然要你。

大成引用了一句英文诗：“Keep wanting you till I die（有生之年，仍然要你）.”人散曲未终。

除夕夜话

杜小鹃说：“Marriage is not that important anymore.”（婚姻已经不是那么重要了。）又重复了一句“Love you”，大成用俄语说出了同样的意思“Ятебя люблю”。傅大成、杜小鹃的除夕夜话，互相问安，讲了许多鸡毛蒜皮，加进了英语、俄语，尴尬风流之谓也。

伴伴

金丝雀伴伴被放飞，不走，宁自飞回笼子，小眼睛盯着大成好像怕他掉泪。这是亲人的感觉。

南山有个大肥羊

公冶长公冶长，南山有个大肥羊，你吃肉来我吃肠……

傅大成与金丝雀对话，竟然听懂了鸟语，于是想到了懂鸟语的孔子的女婿公冶长，于是有了这首打油诗、顺口溜，土洋结合，泪尽则喜，顺其自然吧。

外语桥

傅大成、杜小鹃晚年离婚后建立了自己的“外语角”“外语平台”“外语桥”，像是两位围棋国手九段，偏偏选择下了一盘五子棋，游戏性超过了竞技性。虽颇多无奈与空洞，却不失善良、修养与礼貌。

第二十九章　不哭

圣人抱一

是以圣人抱一为天下式。不自见，故明；不自是，故彰；不自伐，故有功；不自矜，故长。夫唯不争，故莫能与之争……

见老子《道德经·二十二章》，释义："所以有道的人坚守这一原则作为天下事理的范式，不自我表扬，反能显明；不自以为是，反能是非彰明；不自己夸耀，反能得有功劳；不自我矜持，所以才能长久。唯有不争的处世态度，天下才会没有人能与之抗衡。"道家的思想可以当茶饮，不能当饭吃，真正能当饭吃的还是儒家的修齐治平，儒道互补是中华文化的优势所在。

悲从心来

小说最后一章最后一句写大成用五笔字型打"悲从心来"，可出来的是"春情"二字。何则？越舒服您越危险，印度教男女交合的祝祷竟然是呼唤湿婆大神用雷电要了他们的小命（医学上有腹上死一说），一切获得都有失落，一切发展成长都有代价！

《跋》

出小说的黄金年代

这是《跋》的题目，王蒙先生不负时代，他有五部著作从总体把握上写新中国的历史——《季节》系列 +《青狐》（它是季节系列的延伸）、《自传》三部曲、《中国天机》、《闷与狂》和《笑的风》，各自机理不同，跨度亦有差别。它们脱去了青春万岁时期不切实际的一厢情愿，更欣赏狄更斯式的表达。

耄耋加饕餮之力

“用你的魂灵肉体生命耄耋加饕餮之力，给我写下去！”这是小说人在《跋》里说的一句自勉的话，令人感动。《笑的风》就是耄耋加饕餮之作，它具有原生性，像原始森林一样万木葱茏，有动物有植物有阳光有阴霾有希望有危险有珍惜有忘却有如歌如诗有如泣如诉……仁者乐山智者乐水！小说已经独立，它要自由地行走，无人能禁，对不起！我想说，王蒙先生您也管不了了！您说了也不算数！说不定哪位读者说的令您拍案称奇或错愕不已也没准儿，这就是读书的快乐。

《笑的风》：从中篇到长篇

崔建飞

文化和旅游部清史纂修与研究中心主任

一、王蒙创作中的一个“前所未有”

2019年8月，王蒙完成了中篇小说《笑的风》。作品于当年《人民文学》第12期发表，并于次年1月、2月，分别被《小说选刊》《小说月报》选载。小说发表后，反响强烈，同时也发生了作者创作中一个前所未有的现象。据王蒙自述：“发表与选载后的小说，把我自己迷上了，抓住了。我从发表出来的文本中，发现了那么多蕴藏和潜质，那么多生长点与元素，那么多期待与可能，也还有一些可以更严密更强化更充实丰富的情节链条因果、岁月沿革节点与可调整的焦距与扫描。”于是作者欲罢不能，再加一大把劲，用两个月时间，对中篇文本“延伸，发挥，调节，加力，砥砺”，制造了一部同名的“真正的新长篇小说”。《笑的风》长篇版于2020年4月由作家出版社出版，反响更加强烈。

这一现象不仅在王蒙创作中前所未有，文学史上也属罕见。它之于文学研究，是一个难得有趣的案例，价值非凡。认真比较中篇和长篇两个版本，如同我们从参观家具展厅，改为走进木工车间，观看木艺师如何把一个衣橱改装、扩制、加工成一套组合柜，故而能更切近了解作家的创作活动，更深刻体味作家在文本增扩过程中的文思兴会、掂量琢磨和创作心理。本文试图对两个版本作初步的梳理比较，弄清《笑的风》从中篇到长篇的改造扩展中，增加了哪些主要内容？作者所指“蕴藏和潜质”“生长点与元素”和“期待与可能”，究竟在什么地方？结构上做了哪些大的增扩调整？文字上做了哪些精研打磨？就是说，“更严密更强化更充实丰富的情节链条因果、岁月沿革节点”在哪里？作者是如何调整焦距与扫描的？回答清楚上述问题，有利于为更深入的文学研究，提供若干基础。

二、增加的主要内容及其字数

据统计，中篇版 77000 余字，近 8 万字。长篇版据版权页公布为 16 万字，减去序（约 500 字）、目录（约 500 字）、跋（约 1100 字）后，约为 15.79 万字；再减去中篇版字数，那么从中篇到长篇，作者增加了约 80900 字，即约增加了一倍多。

除随处发生的少量增扩外，增量较大（以 130 字以上为标准）的内容板块有43处，依长篇版页码顺序统计如下：

1. P10第10行—15行，内容为傅大成对突然被要求和白甜美成婚的感受：“将风的笑声理解为接受为与自己进入同一被窝的媳妇的示爱之声，啊，我的春情，我的男儿的救苦救难的女菩萨呀，他哭了。谁说没有，笑的风令他晕眩，那就是傅大成与白甜美的罗曼司、神交史与爱情传奇啊！一念之间，化苦为乐，化梗阻为畅舒；伟哉，逆来顺受，这是我们乡下人的心理功底无不胜！”

2. P12第1行—16行，内容为大成大学期间，对别人自由恋爱的羡慕和对自身包办婚姻的遗憾。

3. P14倒数6行—P15第14行，其中扩写了大成读巴金《家》《春》《秋》等书籍后，对自身婚姻的痛惜，对“五四”以来恋爱自由思潮和社会现实不配套的历史反思。

4. P21倒数4行—P22第13行，其中扩写了大成毕业分配到Z城后，对自己在新中国依然被包办婚姻的进一步不满。

5. P25第1行—P27第5行，其中扩写了大成回乡探亲，对儿子阿龙背诵《卖火柴的小女孩》及女儿阿凤插话的情景所感动，增加了一段对家乡“疼孩子就行”家庭伦理黄金定则的评论。

6. P33第1行—P34第8行，其中扩写了甜美和孩子到Z城后，大成一家在“文革”期间日子红火，并增写其因修车助人为乐被评为积极分子的情节。

7. P35第2行—P36第1行，其中扩写了大成在媳妇进城后生活改善的内容，增写了赞其“清洁与英俊程度显著提高”的旧体诗。

8. P39 第 1 行—P40 第 6 行，扩写了甜美烹饪手艺高的内容，增加了对“文革”期间“戴高帽子”被解构化、滑稽化的评论。

9. P43 第 3 行—P44 倒数 1 行，扩写了改革开放使大成等许多知识分子被解放、振作起来的内容，如“呼啦一下子，从一群螃蟹你钳住我我夹住你寸步难行，到个个欢蹦乱跳，机遇满天飞，幸运满满地跑起来了”。

10. P46 第 2 行—P47 第 9 行，扩写了 1979 年大成到北京开会眼界大开，见到作家们各式表现的内容。

11. P49 第 4 行—17 行，扩写了杜小鹃唱《卖母为奴》和《泪痕》主题曲的细节，增写了一段对文艺转向的议论。

12. P50 第 9 行—P51 第 10 行，补充了《哈萨克圆舞曲》歌词，和对中苏关系悄然缓和与“赤脚诸君”薅薅告退的评论。

13. P52 第 10 行—P53 倒数 4 行，增加了对电影《往日情怀》《巴黎最后的探戈》的介绍，对《假如生活欺骗了你》一诗的议论，和大成对小鹃的钦佩、对北京作家的称许。

14. P58 第 14 行—P63 第 3 行，其中扩写了大成突发胆囊炎时对疼痛和生死的感悟，和因感激甜美精心照顾、讨论开办棋牌茶室并增进了夫妻感情的内容。

15. P66 倒数 5 行—P67 第 14 行，扩写了《乡恋》出现前后中国文艺界的新气象，例如“到处是生活，到处是时代，到处都撼动着历史趋向的变革与调整，点点滴滴，蓬蓬勃勃吵吵闹闹，纷纷乱乱”。

16. P71 第 6 行—倒数 2 行，增写了范白石吟“乡恋茶室”的三首诗，和对李谷一《乡恋》的评赞。

17. P75 倒数 3 行—P77 第 13 行，其中增写了小鹃《无法投递》中关于“为爱而生”的决绝之论，扩写了大成的评价散曲，及作者对大成“放言无羁”的评论。

18. P78 第 6 行—倒数 1 行，扩写了大成首次坐飞机激动荣幸和紧张的情形。

19. P81 第 8 行—P82 第 10 行，扩写了大成在上海与小鹃再见面的特殊感受。

20. P85 第 1 行—P87 倒数 6 行，扩写了大成在上海和平饭店跳舞、听音乐和上海人吃螃蟹的故事。

21. P90 倒数 6 行—P91 第 13 行，扩充了大成、小鹃在上海街头的谈话。

22. P100 第 1 行—P103 第 3 行，扩写了对小鹃新作《并不是情书》的评述和作品反响，增加了作者关于读者对小说对号入座的评论。

23. P104 第 1 行—P105 第 3 行，扩写了对廉老的介绍。

24. P105 第 15 行—P108 倒数 2 行，扩写了大成对小鹃思念与拒绝的矛盾心态，以及“鸢橙”的诗《只不过是想念你》。

25. P114 第 3 行—P115 倒数 6 行，其中增加了对“观念更新”说法的议论，扩写了大成首次乘飞机出国的激动情形。

26. P122 倒数 4 行—P124 第 12 行，扩充了对西柏林洲际饭店大堂、房间的描写，和大成的不适感受。

27. P127 第 2 行—P128 第 7 行，扩写了大成枕小鹃腿睡后醒来的对话，主要是关于舒曼、克拉拉、勃拉姆斯音乐的对谈，以及作者的评论。

28. P137 第 8 行—P139 倒数 1 行，其中扩写了对大成、小鹃咖啡馆谈话和感情波澜的描写，增写了访舒曼墓、克拉拉纪念馆，扩充了对文学与生活关系的评论。

29. P140 第 1 行—倒数 1 行，扩写了西德归来大成、小鹃互通情书的内容，增写了爱情和文学关系问题：“什么是货真价实的爱情？有没有货真价实的文学？非文学是不是其实也是一种文学的视角呢？”

30. P141 第 12 行—P151 第 8 行，增加了大成、小鹃通信的内容，如对小鹃信中引用歌词的注释，对作家伯尔的介绍，小鹃插队衡阳、受伤立功之事，对伏契克“不公正”一词的议论，小鹃曾想参加切·格瓦拉游击队的愿望，大成对回忆往事和近百年历史的态度，“客里空”的故事，对文学和爱情关系的进一步思考。

31. P162 第 8 行—P164 第 5 行，扩写了大成对被白家亲属群殴后的思考及其态度转变。

32. P179 第 1 行—P182 第 15 行，扩增了大成、小鹃旅游中交流对圣托里尼岛、邮轮旅游、乐谱和公式之美的看法。增加字数较多，约 1800 字。

33. P184 倒数 16 行—P186 第 10 行，增写了大成、小鹃的出境游和关于“私奔”的感受。

34. P187 第 1 行—P194 第 13 行，其中扩增了大成、小鹃唱老歌、国内旅行与文化活动、书房电脑化网络化智能化以及爱情随之进化等内容。字数增加很多，约 3100 字，因此该第二十章《快意咏新歌》基本是新扩增的。

35. P198 第 13 行—P203 倒数 1 行，其中增写了大成、小鹃生活中“门不当户不对”的矛盾摩擦，扩写了大烤箱的故事。增加字数较多，约 2700 字。

36. P207 第 3 行—P210 第 12 行，其中扩增了大成、小鹃对西柏林教堂耶稣像和孔子的看法，对人工智能给地球和人类带来灾难的态度，和对《太阳岛上》等美好歌曲创造幸福时代的怀念。字数增加较多，约 1600 字。

37. P215 倒数 3 行—P216 第 4 行，增写了大成和甜美 10 多年后仍然互相连通，阿龙退钱，和作者关于“人网”的评论。

38. P217 第 1 行—P226 第 13 行，扩写了小鹃私生子立德的出现，和母子相见前后小鹃的变化。增加字数很多，约 4700 字，因此该第二十四章《神童现身满乾坤》基本是新扩增的。

39. P227 第 1 行—P234 第 19 行，扩写了大成到 Z 城参加甜美葬礼时子女对他的态度；增写了对近百年来诸多被休弃的“原配夫人”命运的历史反思；增加了大成看到家乡的时代变迁。字数增加很多，约 4300 字，因此该第二十五章《谁为这些无端被休的人妻洒泪立碑》基本是新扩增的。

40. P235 第 1 行—P246 第 17 行，扩写了小鹃去广州立德家长期不归，大成孤独寂寞以至“苦笑离婚”的过程。增加字数很多，约 5750 字，因此该第二十六章《田园将芜胡不归》基本是新扩增的。

41. P247 第 1 行—P260 第 9 行，增写了大成、小鹃离婚后在广州白天鹅酒店告别宴间的谈心，扩写了大成对“老”的体悟，两人京、广两地的微信诗歌交流，以及大成与子女间的交往。增加字数很多，约 6850 字，因此该第二十七章《玉堂春暖餐厅》基本是新加的。

42. P261 第 1 行—P268 第 17 行，扩写了大成与小鹃通过手机用外语交流，和他以金丝雀为伴侣，以及听西洋交响乐填补空虚的晚年孤景。增加字数很多，约 3600 字，因此该第二十八章《金丝雀与外语桥》基本是新扩增的。

43. P269 第 4 行—P273 第 15 行，扩写了大成回乡为甜美扫墓跪祭，和与老同学赵光彩总结人生的内容；深化了创办婚姻博物馆的设想，增写了对耄耋人生的感悟。增加字数很多，约 2350 字，因此该第二十九章《不哭》基本是新扩增的。

三、章节的调整增扩

《笑的风》从中篇到长篇，故事主线基本没变，主要人物没有增多，其体量的增加，主要表现在章节的大幅度增扩。中篇版的节，经过内容扩充，大致对应长篇版的章。中篇版为 20 节，长篇版为 29 章，增加了 9 个章节。章节增幅占中篇版的 45%，长篇版的 31%。

如上所述，长篇版有 7 个章节基本上是新扩增的，撮列如下：

1. 第二十章《快意咏新歌》
2. 第二十四章《神童现身满乾坤》
3. 第二十五章《谁为这些无端被休的人妻洒泪立碑》
4. 第二十六章《田园将芜胡不归》
5. 第二十七章《玉堂春暖餐厅》
6. 第二十八章《金丝雀与外语桥》
7. 第二十九章《不哭》

其余增加的两个章节，是由于内容的涨出，使原一个章节扩增为两个章节，具体如下：

1. 中篇版第八节，原含《无法投递》和大成、小鹃上海相会两个故事，由于两者都扩写了较多内容，因此长篇版扩增为第八章（《嘛事儿啊，他妹子》）和第九章（《大上海、〈小街〉、蓬拆拆》）两章。

2. 中篇版第十一节，原含大成赴西柏林旅途和他枕小鹃腿入睡后醒两个故事，由于两者都扩加了较多内容，长篇版遂扩增为第十二章（《一九八五年西柏林地平线上》）和第十三章（《洲际饭店梦幻曲》）两章。

四、文字的精深打磨

除了内容及章节的大幅增扩，作者还对整个文本进行了精细的文字打磨。这些字斟句酌、精益求精的修整，无处不在，不胜枚举。

例如中篇版第八节第一句“一九八三年十月”，长篇版改为“一九八一年十二月”，这类时间节点的改变还有数处，可知作者为了故事发展更合理，统一调整了时间节点。再如中篇版第四节第三段，提到“在甜美的督导下”，大成干起了自行车修理，长篇版改为“在甜美的怂恿下”，更符合小说情理，因为甜美擅长烹饪和公关，并非修车，甜美对大成也非监督指导的关系。又如中篇版第四节第四段，有“而且是在黑云欲雨的一九六五年”句，长篇版则改为“而且是在密云欲雨一九六五年”，更文学化而非政治化了。还如中篇版第一节第五段，提到大成的诗篇被广为流传：“开始流传到外校本县外县本专区外区本省外省外市”，长篇版改成“开始流传到外校本县外县本专区外区本市外市外省”。将“本省”改为“本市”，将“外省外市”对调为“外市外省”，地域传播逻辑更为谨严。这样一个如相声贯口的长句子，读者一般不细究其理，即使修改了也难以发现，但是作者不厌其细其精其烦。甚至标点符号也不放过，如中篇版第二节第三段有“写作‘笑的风’后不久”一句（单引号在原文中为双引号即“笑的风”），长篇版改成“写作《笑的风》后不久”，将双引号纠正为更规范的书名号。

文字研磨上吃功夫的，当然是诗歌。例如大成的诗《笑的风》第一段，中篇版原文为：“笑声乘风前来”，“春风随笑扬波”，“叮叮叮，咯咯咯，风将我吹醒，风将我拂醉。笑将风引来，笑与风就此别去。春天就这样到来，春天就这样走过”。长篇版把这段修改后，以规范的诗歌形式排版如下：

笑声乘风前来
春风随笑扬波
叮叮叮
咯咯咯
风将我吹醒
风将我拂乐
笑将风引来
笑与风就此别过
春天就这样到来
春天就这样走了呵

修改后的诗，艺术效果明显增强。一是将似不连贯的诗句，修整成正式的诗作，作为全篇之挈领诗，这一改变至为重要；二是整齐了诗韵；三是将“就此别去”改为“就此别过”，将“春天就这样走过”改为“春天就这样走了呵”，更贴近少年伤春心思。不过将“风将我拂醉”，改为“风将我拂乐”，似略损艺术感染力，盖为押韵限制所害。

比自由诗更吃功夫的，是对散曲、旧体诗等的推敲琢磨乃至新创。大成为小鹃《无法投递》写的散曲，中篇版原文 290 字，长篇版扩成 532 字，增加了近一倍，全文更洒脱、流畅和味真。其文字打磨尤见作者功底之深厚，如将“几分那盛年美女激越撒泼”，改成“几分那盛年美妇人激越撒泼”，从“美女”到“美妇人”，更有散曲原味。又如原文“你也诗、我也戏”，改成了“你也诗、俺也戏”，见一“俺”字，顿入元曲真境界也。

长篇版新创了不少旧体诗。譬如乡恋棋牌茶室成功开业后，作者增写了 Z 城文联副主席范白石的三首七绝，俱为佳篇，例如其一：“一曲温柔乡恋痴，动情声气泪如织。江山依旧销魂色，别样歌风自此时！”作家耄耋之年文思不减反增，创作势头依然兴致勃勃，精益求精、呕心沥血若此，不能不令人感佩。

五、版本增扩中的几个特点

通过上述对比梳理，可以看出《笑的风》从中篇到长篇的增扩中，具有三个特点：

1. 通篇均有增扩，重在后半部分。

作者从中篇版第一节起，直到第二十节结尾，每节都有或多或少的增扩。如果我们把二十节按数序平分为前后两部，便会发现后半部分的增扩幅度较大、字数较多。扩增1000字以上的内容板块，都发生在后半部。前半部只有第八节，因加写较多而扩增为第八、九两章。后半部分，第十一节扩增为第十二、十三两章。因增写幅度很大，基本属于新增的章节，即第二十、二十四、二十五、二十六、二十七、二十八、二十九章，都发生在后半部。后半部是所谓“蕴藏和潜质”“生长点与元素”“期待与可能”发生的重要区域，是作者“延伸，发挥，调节，加力，砥砺”的重点。

后半部主要是两个故事，一是大成、甜美离婚和甜美死亡，二是大成、小鹃的恋爱与离婚。由于前半部甜美、大成的包办结合、婚后日子写得非常饱满，大成、小鹃的爱情萌动生长也有声有色，这样精彩惊心的两个故事，将分别走向死别与生离，仅靠中篇版后半部的容量显然不够。在富有强烈历史感、思想丰富深刻、观察洞幽烛微、语言汪洋恣肆的王蒙这里，中篇容量就更不够。甜美的不幸命运，是“五四”以来几代“被休”农村旧式妇女的缩影，她不能像中篇里那样不明不白地死去，在包办婚姻和取而代之的自由恋爱都将进入博物馆的时候，她期待着人性的真情回眸、文学的真实证词和历史的公正判决。大成、小鹃的婚恋，随四十年改革开放历程而发生发展以至平淡消沉。

这其中多少寻寻觅觅、踟踟蹰蹰、轰轰烈烈、缠缠绵绵、甜甜蜜蜜，直到淡而无味、如同鸡肋、离索落寞、晚景凄凉，这一路的起伏曲折、千回百转，也不是半部中篇所能尽述的。

创作过《布礼》《蝴蝶》《相见时难》《奇葩奇葩处处哀》等一批杰出中篇的作家王蒙，这次从背面启示我们，如何完美结束一部中篇小说，包括扩展制造成为一部新的小长篇。

2. **故事更丰富，人物更深化，思想更深刻**。

增扩的内容，涉及方方面面。故事情节上，例如增有神秘烤箱、访舒曼墓和克拉拉纪念馆、美国艳舞女明星和玉堂春暖餐厅的故事等等。人物性格进一步深化，包括配角阿龙、小凤、司机老郑、立德乃至小鹃的两个小孙子。特别引人注目的，是对历史、时代的纵横评述与深刻总结，对人性的深层剖析与真实揭示。

例如对改革开放初期“观念更新”口号的评论：“他直觉观念更新的说法可能太廉价。世界上有那么便宜的事吗？观念是想更新就更新得了的吗？观念是电门？这么一拧就开那一面的三盏灯，那么一关，就熄灭头几年整天开着的这一面的八盏灯？”又如借大成的笔写回忆往事的感受：“能变成亲切的怀恋的往事，是幸运的往事……而最不幸的人是，回首往事的时候只有冤屈和怨怼，只有恶毒与诅咒。”这些或尖锐或深沉的评论生发比比皆是，举不胜举。

而一些厚重的历史反思，更是振聋发聩。例如对“五四”以来甜美们“被休”命运的评说：“近百年来，中国多少伟人名人天才智者仁人志士专家大师圣贤表率善人，对自己的原配夫人，都是先娶后休的。伟人益伟至伟，圣人益圣至圣，善人自善修善，高人本高更高，而被休弃的女人除了向隅而泣以外又有什么其他话可说？又能有什么选择？……这些最软弱最无辜的女人体现了封建包办婚姻的残余符号。伟大的历史，伟大的时代，伟大的天翻地覆，又有多少代价，多少痛苦，是无声无息无功无过无罪无名无说法无理睬的一代代女性可怜虫付出的呀！……”

由于各个人物的成功塑造，故事情节的生动叙述，尤其新扩增的一系列重要的历史反思、时代评说、人性揭示，更加突出了《笑的风》长篇版的史诗品格。

3. **文体种类多样，音乐元素增多**。

中篇版包含的文体原本不少，长篇版增加了更多。有新创的自由诗（小凤改为歌词《也许还在一起》），原本小鹃的多首自由诗（被小凤改为歌词），都做了精心的增减整修。散曲的大幅扩增与精细修改，臻于完美。引用古诗文较多，尤其是老子、孔子的，可窥作者近十余年“穷经”的收获。新创了多首旧体诗，有些旧体诗自然地嵌入情节，似信手拈来一般，如小鹃谈到自己的脾气，大成想到：“什么脾气呢？六十如少女，调皮过古稀，耄耋好兴致，恋恋与期颐。大成笑了。”文、诗、曲三味珠联璧合，傅、白、杜之爱俱归荒寂，长篇版更富有《红楼梦》的风神格调。

还扩增了更多的中外歌曲歌词和音乐故事。《哈萨克圆舞曲》的歌词是新增的，“小河的水／流向大海／我也同样向往／永远永远永远／哈哈哈哈／哈哈哈哈……/”，五十年代的光明梦和八十年代的新憧憬，由这首歌词连接起来，颇见文心创意之精妙。同时新增更多歌曲，如少年学唱的黎锦光《四季相思》和黄自的电影《天伦》主题曲，如五十年代的《革命人永远是年轻》，八九十年代歌曲《太阳岛上》《祝酒歌》《在希望的田野上》《难忘今宵》，有新世纪流行歌曲《东北人都是活雷锋》《二〇〇二年的第一场雪》《忐忑》等等。外国音乐方面，如增加了感人至深的访舒曼墓、克拉拉纪念馆的故事，加强了舒曼、克拉拉和勃拉姆斯的爱情故事，还增有贝多芬、柴可夫斯基、勃拉姆斯的 D 大调小提琴协奏曲等等。

王蒙曾说过：“音乐是我生活的一部分，我的作品的一部分。有时候是我的作品的一个非常重要的、头等重要的部分。”① 《笑的风》中篇特别是长篇版，音乐元素含量极高，如同一场熔古今中外音乐为一炉的大型文艺晚会盛宴，其整个文本结构似有主题、副主题，有展开与再现，有行板、小步舞曲与终曲，而每一个故事的诉说、每一段评论的声振，似乎都回荡着相应背景音乐的旋律。

---

① 见《王蒙文存》第十四卷第 175 页，人民文学出版社 2003 年版。

诗词、音乐而外，还扩增了不少戏曲、话剧、电影乃至童话故事等。或许因大成、小鹊均为外语专业出身，外国文学的内容增加较多，乃至直接出现了英文和俄文诗。

《笑的风》增扩改造为长篇版，使我们看到了一个容量更加宏富、立意更加深沉、笔墨更加自由、各种文体荟萃、通体律动和谐的新文本，如一首雄健深情、五彩斑斓的交响史诗。而更为可贵的，也是与王蒙其他作品最大不同之处，是文本产生过程被公开展示了出来，它扩增的过程及其呈现出的鲜明特点，值得进一步地探讨研究。

个人生活与时代史诗的交响

——王蒙《笑的风》的几种解法

龚自强

中国艺术研究院助理研究员

必须得说，即便王蒙在既有的小说创作中已经穷尽了诸多小说探索的路径，即便评论者们已经对其既有小说创作做出种种极有分量且不乏恰切的定论，此刻呈现在我们面前的《笑的风》依然是一个既新颖、复杂且十分优秀的文本。作为一个小说文本，虽然仅从篇幅判断，它很难与“厚重”“宏大”“巨型”取得联系，但就其文本所容纳的社会万象之丰富、驳杂、广阔、纵深，就其语言所呈现出的巨大、广博、复杂的“播散”性以及就其所探讨、评论、讨论的种种议题所达到的深度、广度与厚度而言，它又的确具备了鸿篇巨制的要素。

在这个意义上，《笑的风》以“短小精悍”的小长篇的格局显示了王蒙小说的新的可能，无疑也为当代文学提供了一种新的长篇小说的结构方式。它不仅对王蒙而言是重要收获，对于当代文坛来说也是一个重要收获。在当前重型长篇小说铺天盖地之时，《笑的风》无疑提示人们长篇小说的宏大并非顺着时间线条对内容做简单叠加即可实现，而是重在如何在有限的文本长度内调动才华与情思，写出“无限”的、厚重的内容，并在其中沉淀有分量的生活与思想。

某种程度上，《笑的风》既是傅大成个人的生活史诗，也因为其语言“洪流”在心理维度上的巨大辐射面而具有了时代史诗的品格。在插科打诨、意识飞转、亦庄亦谐的语言“洪流”中，《笑的风》往往歪打正着，突然就刺中了时代的病症或个人生活史中那些异常尖锐的部分。我们可以将其看作对傅大成一生经历的叙写，然而从另外的角度看，傅大成也许充其量只是一个时代的“中间物”或“棱镜”，他更多只是透视时代的一个“中介”罢了。傅大成的生活尽管有一定的细节铺垫，但仔细看来所有对于他生活细节的描写都具有一定程度的“典型性”。傅大成与王安忆《叔叔的故事》中的“叔叔”有些相似，但与王安忆更多从“我”的视角审视“叔叔”并因而发现诸多关于时代变迁的震惊发现不同，《笑的风》坚持追踪傅大成，视点始终在傅大成身上，是从傅大成的角度探讨时代变迁。某种程度上，傅大成、白甜美、杜小鹃乃至阿龙、阿凤、立德等人物形象都有些类型化，显得有些个性不清，但与此同时，傅大成所经历的从上世纪五十年代到当下的时代巨变及其每一阶段的特征却十分清晰，充满了丰富驳杂但很精确细致的细节。

“他又暗自庆幸跳跃，瞧他这一辈子，怎么什么都赶上了啊，全活啊，封建包办的婚姻，现代派的文学写作与出游，二战、朝鲜战争、千秋万代的中苏同盟与苏修亡我之心不死，性突围与婚姻再造接着是性冷淡，打麻雀与非典，后现代的千奇百怪……”

这一段话很能表征《笑的风》在傅大成个人的心理活动与时代巨（具）象之间的微妙衔接。这些跳跃性的词汇彼此中断，但又彼此相连，共同串联起一幅不乏时代细节的宏大画面。王蒙在这些看似杂乱无章的词汇之间描画出一种精准的时代画像，所有这些属于个人心理范畴的庞大语流汇聚一起，足以使这幅时代画像不断完善，细节丰满且囊括众多。傅大成更多是作为时代芸芸众生中的一个代表被聚焦，重要的不在于他的人生实际历程如何（虽然这也同样是很重要的部分，很多叙事内容建立在此基础上），重要的在于他的人生实际历程所表征或折射出的时代芸芸众生的总体生活状况以及时代的总体状况等。

同样，我们可以将其看作对爱情问题的探讨。毕竟小说题目“笑的风”某种程度上就是春情荡漾的同义词，是为女孩子的笑声，或可因此而将“笑的风”解读为爱情之风。

“大成没有姐妹，邻居没有女生，女孩儿的笑声对于大成，有点稀奇与生分。这次夜风吹送的笑声清脆活泼，天真烂漫，如流星如浪花如夜鸟啼鸣，随风渐起，擦响耳膜，掠过脸孔，弹拨抚摸身躯，跳动思绪。风因笑而迷人，笑因风而起伏……”

正值青春期的大成，因为这次偶然听到女孩儿的笑声而陷入爱情问题之中，命运因此而被剧烈改写。这一切可能都是无从预料的，但春风飘扬之下，“喜”自然而然从天而降，傅大成的一生就此与一个叫白甜美的农家女子结下缘分，却也是无可拒绝，无可颠覆的。日后傅大成因不堪忍受继续做“背着封建包办婚姻包袱的可怜虫”的宿命而决心自我改命，与志趣相投的杜小鹃自由婚恋，却注定要经历万般曲折，并在此过程中屡受生活的教训，遍尝人间情爱的悲欢。值得一提的是，对杜小鹃产生强烈好感的时候，傅大成仍是感受到强烈的“笑的风”（“人生究竟能有几次这样的快乐时光？是畅想，也是决议，是好梦，也是日程……可以乘风高呼，快乐的风啊，快乐的风啊，大笑的风啊！”）的鼓荡。由这个视角出发，小说对傅大成与白甜美之间不平等爱情的温情与苦涩给予了令人心痛的表现，对傅大成与杜小鹃之间平等爱情的飞扬与重归平实寂寥给予了令人叹息的表现。对于傅大成来说，白甜美与杜小鹃代表着两种爱情模式，联系着两个不同的时代，也体现着两种不同的爱情观念，但到了最终，其实都是他的无价之宝，没有优劣。

爱情是小说一个不容忽视的关键词，傅大成的一生也可以看作是为情所困的一生，但对于爱情的追求却更大程度上指向了关于爱情本义的澄清与辩说，指向了爱情的消亡与解构，其间又有多少无奈，多少心酸。由此出发，我们也可以将小说看作是探讨人之命运不由自主，从而随波逐流听从命运的召唤也就成为一种“现实的”活法的作品。傅大成的一生不乏自主选择，但更多的还是不由自主，被时代裹挟着脚步匆匆地走着。从不期然成为“青年农民秀才”，走出封闭的、固定化的农村生活万年不变的传统格式，开始接触到外面的、现代化的世界算起，客观地说，傅大成的生活发生了多么巨大的变化啊，因此他又是多么骄傲自豪、激动满怀啊。这一切都与傅大成是共和国的新生、现代化的推进等历史巨变的见证者与参与者有关，傅大成的看似不由自主的任命运摆布的生命历程，实则与其在共和国的新生中乘坐现代化这辆快车“乘风破浪”阔步向前是同一个历史过程。这样的命运，确是独此一份。

某种程度上，《笑的风》通篇洋溢着的那种一往无前的乐观精神、自信气派均来自于傅大成这种与有荣焉的参与到伟大历史进程中来的主人翁感。这就是《笑的风》介入现实的方式。一方面是恰好逢着了一个伟大的时代，这主要是就 1978 年以后而言，为此小说不惜大幅度挤压新时期以前的生活比重，仅以“动荡年代的平安与幸福”来总结上世纪 50 年代至 70 年代傅大成的个人小日子，一定程度上让时代远去。似乎是在政治气息最为浓烈的时间，反而是白甜美的厨艺和傅白二人日常生活的小细节成为时代的主要内容。另一方面，则是参与到伟大时代的颇值得一书的主人公自豪感。根据中国当代作家的年龄分层来判断，傅大成算是归来作家的一位，那种能够参与到共和国伟大历史进程之中的主人翁感比之于此前和此后的作家来说，确实是更加硬气一些。不仅如此，王蒙还让傅大成乘着现代化的东风获得了参与世界历史伟大进程的主人翁感，风头可谓一时无两：“伟大的世界、伟大的格局，两个阵营，社会主义、资本主义、帝国主义、修正主义与各国反动派……在这些大人物大时代大事件中，傅大成这样的草根，竟也与闻其事其盛，似乎离大国大事日益亲近。他正在成为世界公民，他正在成为人五人六。”

此外，《笑的风》未尝不可以视为对于生活的欺骗性的辩证思考过程。在对于漫长岁月的回望中，它果断地将批判矛头从生活转向自身，从而达成与生活的和解。因此，这又是一篇关于和解的小说，是傅大成对于自己一生曲折进程的和解，也意味着个体对于自己所历经的生活、时代、社会的和解。《笑的风》最终提示我们去思考一个问题：不是问生活如何欺骗了自己，而是问自己如何欺骗了生活。正是这一视角的改换，极大解放了讨论空间，使得生活与个体可能复归其本来的位置。

“生活又如何可能欺骗自己呢？是自己常常过高估计了自己，那不是自己在欺骗自己吗？人生有高有低，有喜有悲。有聚有散，有兴有灭，你能不承认你不喜欢的一切吗？你能不从不仅是正面的而且是侧面反面的一切中认识人生的魅力与庄重，也认识历史吗？……”

在我看来，这里体现出来的朴素的生活观与历史观，才最终完成对于生活的欺骗性的辩证性思考，也才真正达成与生活和解的关键共识。王蒙的小说自有其语言“狂流”、不择路径的一面，但在这样的瞬间，我们总是必须认真地停步、驻足、仔细欣赏品味，以不错过这常常看似平实的大智慧。

（原载《中国艺术报》2020 年 7 月 22 日）

主体认同、个人史与生命的辩证法
——论王蒙新作《笑的风》

李萌羽　常鹏飞

李萌羽：中国海洋大学文学与新闻传播学院教授
常鹏飞：中国海洋大学文学与新闻传播学院博士研究生

在解放后成长起来的众多作家中，王蒙无疑是个人身份与主体经验都颇为复杂的一个，他是作家也是学者，是文人也做过官员，而这种特殊的历史遭际与执着的主体承担，或许也注定了他会成为中国当代史上一个独特的存在。然而，不管在与新中国同行的路途中有过多少“杂色”与“巡游”，贯穿王蒙八十余年生命历程的底色始终是文学。从20世纪50年代的《青春万岁》《组织部来了个年轻人》到80年代的《蝴蝶》《布礼》《活动变人形》，再到90年代的“季节系列”、《暗杀3322》等小说，王蒙一边回望历史一边直面现实，以多变的言说方式表达自我对历史、时代与人生的审视和思考。但是在新世纪之初，王蒙的小说创作无论在数量上还是体量上却都算不上高产，仅有《枫叶》《秋之雾》《太原》等比较零散的中短篇小说面世。直到2013年《这边风景》出版以来，王蒙相继推出《闷与狂》《奇葩奇葩处处哀》《女神》《生死恋》等作品，写作的速度与密度才复归到只属于这个“一写小说，人就完全欢势起来”的“正在开拓新领域的青年”身上来。[①] 显然，耄耋之年的王蒙在回首逝去的岁月时，不再像以往一样单纯地怀旧，而是“忽然意识到，需要用自己的全部经历和全部感兴加入晚年的小说创作”，去“体尝生命全过程的幽暗与光明，酸楚与甜蜜，庸碌与雅致，粗俗与庄严”。[②] 因而，从这个意义上来说，《笑的风》[③] 的出现让我们再一次看到，王蒙怎样在创作中找回自己，又如何达到主体真正的“悠游”与“从容”。可以说，其不只是一次对既往生活与经历的超越和升华，更是王蒙写作史上又一次充满激情的跋涉与远行。

可以看到，自 1953 年创作《青春万岁》起到 2020 年《笑的风》出版，在近 70 年的创作生涯中，文学所见证的既是王蒙从少年到耄耋的岁月变迁，更关乎作家主体的文学观念、情感结构、人生态度及价值指向的承继与嬗变。如果说《青春万岁》“讲述的乃是一个关于青春、年轻人与时代的

---

① 王蒙著：《纪念无可纪念的人生故事（跋一）》，《生死恋》，广西师范大学出版社 2019 年版，第 213 页。

② 朱寿桐著：《王蒙文学存在的文学史意义》，《中国现代文学研究丛刊》，2015 年第 10 期。

③ 《笑的风》最初以中篇形式发表于《人民文学》2019 年第 12 期，本文讨论的《笑的风》为经过王蒙扩写后由作家出版社 2020 年再版的长篇单行本。

一个意识形态的‘神话’，是王蒙对建国初期现实生活所进行的一次浪漫的、充满激情情绪的抒情式表达”的话，[①] 那么《笑的风》则无疑是晚年王蒙在历经世事沧桑后对历史、时代与人生的重新回望、体悟和审视。正如王蒙所说《笑的风》是其写作史上“前所未有”的把“自己迷上”的一部。[②]这部小说不只延续了其以往对青春、婚恋、时代与历史等主题的关注，在叙述之中持续介入自我的感性与激情，更为远去的历史提供鲜活的证词，在当下的时代抒发个体的喜乐与哀思。不难看到，相比以往带有“少共意识”的宏大叙事，《笑的风》显然在沿着《闷与狂》《女神》《生死恋》等小说的创作轨迹前行，并指向了王蒙近年来创作的另一个维度，即在关注历史的同时也在为现实赋形、为个人立传，并最终在充满张力的辩证中试图达成一种双向的和解。由此，需要思考的是，在《笑的风》中，王蒙如何借助小说抵达生活的现场与生命的本真，如何在对人物复杂多变的人生的凝视中探察个人与时代的关系，又如何在两者的互动之中实现生命辩证法的获得？

一、婚恋：青春与爱情变奏下的主体认同

“青春”作为一种创作主题在“五四”时期是基于对“人

---

① 独木著：《爱情、历史与“五十年代情结”——读王蒙〈恋爱的季节〉》，《当代文坛》1993 年第 5 期。

② 王蒙著：《笑的风·致读者》，作家出版社 2020 年版。

的发现”而指向的对“青年”的关注，因而其正是“五四新文学对时代精神的回应”，“它的内涵依然是现代性的国族想象和革命社会实践”，由此自然也就对应着一个象征专制、保守与落后的作为“反面”的“老年”。[①] 然而，对于王蒙来说，“青春”就不只作为一种创作题材或主题，其更是一种风格态度和持续性的精神力量，即尽管王蒙已经步入“老年”，但在其近来的小说中无论是主题选择、语言风格，抑或是内在所暗含的冲动与激情，都让我们看到“青春”在王蒙的人生状态与创作精神中实际是一种进行时而非过去时。由此，“青年”与“老年”的结构性对立也在对应的感性与理性的弥合中被缓解，并在主体对自我与历史的言说和反思中指涉主体的观念认同。可以说，王蒙始终在书写那个“不仅仅是青年和青年故事，同时也包含着新的历史和与之相伴的不断探索的精神”的“青春”。[②] 这不仅在于青年时代与新中国并肩前行的“青春之歌”的“光明底色”，也在于“垂垂老矣”回首一生时对“青春万岁”的激情与执着。此外，与“青春”相契，王蒙在不同时期的小说中往往都会对爱情与婚姻颇为关注，再加上因作家本身的特殊身份与经历所具备的复杂的人生经验，使得婚恋与时代人生在小说中亦呈现

① 陈思和著：《从“少年情怀”到“中年危机”——20世纪中国文学研究的一个视角》，《探索与争鸣》2009年第5期。

② 李振著：《无休止的青春和永不停歇的探索——重读王蒙〈青春万岁〉》，《文艺报》2019年11月1日。

出某种同构性，以致其笔下的婚恋主题显然不仅仅指向纯粹的感情或爱欲，同时也暗含着命运与人生、理想与现实、时代与社会等多元命题以及其中潜藏的主体困境与认同。

此外，在王蒙的小说中常常透露出个人经验入侵文本的表征，其表现在作家惯于将个人丰富的人生经历与生命体验伸向小说的叙述当中，并不可避免地触及到小说叙事的时空背景与人物的人生历程，有时甚至直接替代人物发言以传达作家本人强烈的情绪或意图。所以，王蒙的此类小说，无论从小说的故事叙述和人物形象的塑造还是结构框架的谋布中，我们都不难看到作家同小说人物的某种同构或互文性以及其试图借助叙述将自身形象进行投射、修正或重构的努力。因此，王蒙的小说都带有某种程度的自传性。《笑的风》尽管不是第一人称叙事，甚至叙述视角在文本中频繁发生游移与变动，但在贯穿小说始终的主人公傅大成身上残留了大量作家主体形象和心理体验的痕迹。而王蒙在数十年的创作道路上对“青春”的凝视与探照，自然也在这些被封存的记忆里被重新织就编排，并以傅大成的成长历程追念、见证。《笑的风》即以傅大成的青春萌动为叙事起点，以其曲折迭生的婚恋历程为主线，串联起其从包办婚姻、婚外恋、离婚、再婚，再到离婚的情路历程。小说中作为知识分子的傅大成时常会在反思与原配白甜美的“无爱”婚姻和享受传统家庭生活之间发生矛盾与冲突，但在“动荡年代”这种“越轨”的思索最终被生活的日常所消弭。直到傅大成适逢其时地以文学家的身份赶上改革的春风，并与作家杜小鹃相遇相知，方才再次给他带来“爱情的声音，召唤的声音”。由此，潜藏多年的“青春”遗憾从压抑中被重新释放，“他似乎刚刚找到了自己”，但与此同时，“他再也找不到原来的自己了”。[①] 因为面对白甜美与杜小鹃之间的对比，傅大成也经受着传统与现代观念的冲突与争夺。白的勤奋能干、潜藏力量与杜的秀丽灵韵、绝妙多才并置在傅大成的心中，不仅牵扯着在“红玫瑰”与“白玫瑰”之间的游移，更透露出傅大成自我追寻的困境与认同。

不过，“成分”偏高的白甜美主动嫁给贫农出身的傅大成显然也“不无为白氏家族命运一搏的投注意味”，[②] 就像傅大成将其作为一次带有精神出路和自我蒙蔽作用的解脱一样，婚后傅大成对白甜美的依恋与欣赏亦很难归结为两性间的爱情，其更多的也是夫妻间的扶持与经营。而傅大成对杜小鹃的“越轨”之恋，则一方面是其面对妻子“话语无能与无趣”时“压抑与畏惧”的逃脱，对平庸的日常生活的抽离，另一方面更是对压抑的青春与爱情的寻求和召唤，这也得以理解杜小鹃如何满足了傅大成对“爱情”的幻想和体味，又使其不惜承担骂名抛妻弃子只为寻求精神世界的共振与交流。可以看到，杜小鹃与白甜美无疑承担了傅大成对婚恋的不同体验与想象，也见证着傅大成在灵与肉、情与欲，

① 王蒙著：《笑的风》，作家出版社 2020 年版，第 54 页。

② 王蒙著：《笑的风》，作家出版社 2020 年版，第 6 页。

感念与愧疚、负罪与救赎之间的徘徊与抉择，而傅大成由青春萌动时的情感触发到耄耋之年的回顾反思，也在爱情与婚姻的纠葛中穿插成线，进而使傅大成这一形象本身逸出情感与婚恋主题的简单描摹，呈现出人性的复杂内蕴，避免了小说主题陷入肤浅的婚恋叙述本身。所以，与其说傅大成背弃故有的现实与生活，选择追寻爱情与理想，不如说其对自我压抑的青春与自身认同的一次修补与填充。而从北京到上海，由西柏林至匈牙利，傅大成也在空间与时间的双重转换与腾挪中，逐步完成自我人格的实现与价值的认同，其中尽管也造成新的抉择与冲突、缺失与遗憾，但最终傅大成在暮年之际获得了生命的充盈和完整。

除此之外，王蒙在对傅大成这一人物的婚恋投以关注时，也对小说中的女性予以会心的审视与观照。他曾提到，“《笑的风》里，女性在历史的发展中，他们的命运，付出的代价，没有人写过”。[①] 此前，如《组织部来了个年轻人》中的赵慧文、《布礼》中的凌雪、《活动变人形》中的姜静宜、《暗杀 3322》中的简红云、“季节系列”中的叶东菊、《青狐》中的卢倩姑、《奇葩奇葩处处哀》中的淑珍、《生死恋》中的单立红等女性，她们当中既有苦不堪言的婚姻，也有相濡以沫的爱情，既有两情相悦的幸福，也有意难平的无奈与悲哀。王蒙笔下这些形形色色性格各异的女性，或传统

① 王蒙著：《我仍然是文学工地第一线的劳动力》，《中华读书报》2020年1月19日。

或现代，或无意识地依附于男性或自尊自爱独立刚强，她们无疑组成了一组时代变迁中的女性群像，但究其根本，“他主要还是将女性放在历史潮流中，特别是善于把她们放在和男性主人公的纠葛中，多侧面、多层次地来观察她们的命运与心理，或者说从女性比较细腻灵敏的情感世界来折射历史的风云”。不管是“含蓄与尊重”抑或“互为补充”，[①] 这些最终无疑都指向王蒙的婚恋观念以及其对待女性乃至人性本身的认知态度。

值得注意的是，小说中白甜美这一传统乡村女性形象，虽然依旧承载着乡村女性勤劳能干、美丽善良以及具有牺牲和奉献精神等符号性特质，但其显然已经不是“五四启蒙式”的“哀其不幸怒其不争”，也不是90年代以来把“乡村女性”指认为被损害与侮辱的“底层”。白甜美尽管来自农村，文化程度不高，但却能在进入城市后凭借自己的能力、机敏和风度成就一番事业，形成自己的奋斗理念与价值追求，固然乡村的封建传统意识依旧在她的身上留下痕迹，即对男性一定程度的归属与依附心理，但显然她不再是以往文学叙述中为强化知识分子男性的身份认同而有意设置的符号化存在。此外，小说中的都市女性杜小鹃也并没有因为与傅大成的越轨之恋而被塑造成负面抑或罪恶的形象，相反，她代表了诗意纯净与智慧高雅，也是她真正触碰到了潜藏在傅

---

① 郜元宝著:《王蒙小说女性人物群像概览》,《浙江社会科学》2020年第2期。

大成心底多年的青春之火与爱情之流，安置了傅大成被爱情撩拨起的躁动之心，实现了两人灵魂间的碰撞与交融。可以说，王蒙在《笑的风》中，摒弃了那种非此即彼的二元对立式价值判断，小说中无论是白甜美还是杜小鹃，都没有大善大恶大是大非的简单指认，而是超越对错本身地尊重每个女性，并投之以同情与谅解，给予她们应有的价值与尊严。

二、个人史：历史图景下个人的见证与回声

《笑的风》在长时段的历史变换中，以婚恋为入口抵达人物的心理与灵魂深处，进而审视人物的主体困境与价值认同的努力，显然源自王蒙始终对个体的注视与关怀。近年来，在《闷与狂》《我愿意乘风登上蓝色的月亮》《女神》《生死恋》《邮事》等作品中，王蒙自觉地将个人多年的经历与感情投注到小说创作之中，时代风云的画卷铺陈也好，市井庸常的展现也罢，全都以不老的激情倾注于笔端，在对往事的追忆和当下的捕捉中总是有一股难以抑制的情感激流，推动着作家在波涛汹涌乃至汪洋恣肆的语言洪流中触发对历史的回忆与对当下的反思。卢卡奇曾说，“小说是在历史哲学上真正产生的一种形式，并作为其合法性的标志触及其根基，即当代精神的真正状况……”[①]《笑的风》显然

① 卢卡奇著，燕宏远、李怀涛译：《小说理论》，商务印书馆 2012 年版，第 65 页。

也不只是一部个人的命运浮沉史，透过小说中人事的起伏变换，我们看到的是一个历史与现实如何在当下交汇，当下怎样投射到人物自身，人物又如何见证历史并激起回声的动态过程。《笑的风》开头从1958年春天讲起，以回顾性的视角展开叙述，通过线性叙事串联起傅大成的人生历程。其中，既有1958年“大跃进”、1966年政治运动、1978年改革开放等标志性历史节点，也有在鱼鳖村、边地Z城、北京、上海，乃至西柏林到匈牙利之间地理位置的变换。此外，王蒙不断在小说中穿插电影《往日情怀》《巴黎最后的探戈》、电视片《三峡传说》、歌曲《步步高》《甜蜜蜜》《乡恋》、道格拉斯-10飞机、柏林墙、君特·格拉斯、卢卡契等多种标志性符号存在，使人物在时空内的游移穿梭中不断拓展叙述的疆域，进而扩大与深化小说的内涵与视野。新世纪以来，中国社会在“未完成的现代性”的“焦虑”中急剧变动，同时文学本身自上个世纪90年代以来也逐渐“向内转”与边缘化，再加上王蒙个人身份的变动，使其更加有可能选择“边缘”与“个人”的立场，以相对疏离的姿态去专注于人生的回望与沉思。然而，虽然这种时常脱离既往写作轨迹的写作方式，将王蒙个人多年来对自我的排斥和压抑重新得到宣泄与释放，但这并不意味着王蒙只囿于小我的内部自洽与情感抒发，其中更重要的显然是在意识形态痕迹部分淡化之后如何将历史、时代与个人产生共振，打破时代政治与个人之间叙述的分裂与冲突，实现个人、历史与时代的互证。《笑的风》正是透过傅大成婚恋、人生的波折与变动让我们看到历史的曲折变化与时代的日新月异，也看到现实风云的震颤怎样以规范或者条件的形式波及到个人的爱情、生活与人生。如傅大成在上个世纪50年代因“五四”青年节征文获奖获得继续读高中的资格，因包办婚姻与乡村女性白甜美结合，尔后考上大学实现命运的转变，改革开放以来又适逢其时地发表作品成为知名作家，又因文学与才女杜小鹃相识相知相守等情节，从中都可以看到时代规范个人的命运与生活，人事同样映射着时代，而这两者在《笑的风》中得到了相融共生，并以“水滴”与“大浪”的关系实现“互文”。[①]

和《仉仉》《女神》《生死恋》等作品相似，《笑的风》“这类带有强烈自我性的小说，更直接更鲜明地体现了其敏感、细腻和深情的艺术个性”。[②] 回望王蒙既往的文学创作，“基本上处在客观压抑或主观收敛的烦闷状态”，[③] 作家的真实性情受到约束，但这种牵制与压抑另一方面却客观上为晚年王蒙喷发的情感激流与创作欲望提供了内在动力，在作家“挽救时间”与“自发怀旧”的初衷下，完成了主体的建

① 原句为“当水珠融进了大浪，它的沉浮，也就有了原动力和大意义”。见王蒙、单三娅：《你追求了什么？——王蒙、单三娅关于长篇小说〈笑的风〉的对话》，《光明日报》2020年6月10日。

② 李萌羽、温奉桥著：《一个人的舞蹈——王蒙小说创作的一个维度》，《南方文坛》，2019年第3期。

③ 朱寿桐著：《王蒙文学存在的文学史意义》，《中国现代文学研究丛刊》，2015年第10期。

构与重构。记忆往往不只是一种固化的存在，更在作家不断地“回忆”与“重述”中进行“改写”与“更新”，从而实现主体对历史与时代的介入和观照。此时，小说就不再是以往裹挟着意识形态与革命政治的宏大叙事，而是着眼于小人物的跌宕起伏与苦乐悲欢。即在个人成长历程的呈现中卸去回忆沉重的规范与枷锁，将个人排拒烟火的理想追求与贴地飞行的俗世庸常相结合，在变与不变的人生体味中对时代的躁动与不安予以审视和观照，以期透过个人的“杂色”人生探察历史与时代的光晕，再现回望的“风景”。因而，衡量一部作品的“史诗性”，显然也不仅在于作品中所包罗的时空跨度或重大事件，也在于对个体命运的关注以及对现实的映射和审视。《笑的风》从第五章《啊！北京》始，讲述傅大成在Z城文学刊物发表作品得到激赏，并被邀请赴北京参加会议成为“新锐”作家，接着结识杜小鹃受到爱情的“召唤”，进而开启爱情与婚姻的曲折人生。历史与时代的变化，往往不仅牵连着政治、经济的调整与变化，也暗含着新的社会文化的转型，以及由此带来的整个社会“共同体”的集体认同的迁延与变动。通过对傅大成的命运的聚焦，王蒙显然有意或无意地把个人叙事与历史叙事相勾连，在时间与空间的变动中，为读者追忆历史、审视人性、思考时代提供了多维有效的视角与空间。另一方面，耄耋之年的王蒙近年来钟情于对自己人生与情绪的关注和抒发。相较于以往泥沙俱下的喷薄式语言，王蒙相继推出的“老年”之作显然增加了更为感性直接的“抒情话语”。王蒙回应说“这里最大的动力是激情”。[①] 而这种激情投注到创作当中就不觉造成叙事视角的频繁转换，人物心理活动的直接呈现，古典诗词、现代诗歌、歌曲、书信、谚语等元素的杂糅以及一直以来颇具争议的王蒙式的不可遏制的语言洪流。正如巴赫金的研究所示，“狂欢式的感受与写作的最大特点是打破既有的等级秩序，挑战各种现成的艺术规范及其严肃性、确定性、神圣性，任何教条主义、专横性、假正经都不可能与狂欢体写作共存”。[②] 这里不可忽视的是，小说中的“抒情话语”作为一种“狂欢式”的叙述方式或语言风格，只要与作家的气质禀赋、情感结构和表达需要能够契合，那么这种话语模式就是无可厚非的选择。尽管有时激情过剩有裹挟小说叙述之嫌，但长久以来充溢于胸的情感激流和历经沧桑后的急于诉说，一旦寻求到表达的契机和出口，自然不能不冲破限制的闸门，冲向四海八荒。

三、生命的辩证法：自我和时代的转换与和解

《笑的风》在王蒙的激情回望中得到“编织”，其中无论是对“婚恋”主题的选择，还是对个人史的关注，都不仅

---

① 王蒙、单三娅：《你追求了什么？——王蒙、单三娅关于长篇小说〈笑的风〉的对话》，《光明日报》2020 年 6 月 10 日。

② 此处引自陶东风在论文中关于巴赫金研究的论述。陶东风：《论王蒙的“狂欢体”写作》，《文学报》2000 年 8 月 3 日。

是简单的历史回溯与时代描摹，更是承载着作家八十余年生活经验与情感蕴藉的一次释放，并借助书写本身达到个人同时代的勾连，以期在历史同个人的互文性中实现对生命真相的逼近，对人生的体悟，对人性的探察。与此同时，我们也得以窥见王蒙怎样“接通了中国古代中庸和合的思想流脉”的“多元整合的、建设改良的、中庸和谐的、理性民主的、交往对话的诸多思想观念”。[①] 而这无疑也造成了王蒙小说内部往往存在着众声喧哗的状态，从而在内部与外部、显性与隐性以及理想与现实之间形成一种辩证的张力。正如王蒙在谈到“笑的风”时，称其“可以理解为是风送来的笑声，也可以说风笑了，也可能说笑乘风来，也可以说风本身是笑的”。[②] 因而，小说中“笑的风”并不是严丝合缝的单一质素，相反，在叙述的“留白”与“缝隙”中，充满了个人与时代的对抗与纠缠。

《笑的风》的辩证性就体现在自我认同的悖反与对时代的复杂体认当中。小说中无论是傅大成、白甜美抑或是杜小鹃，都是在时代大潮裹挟中的前行者，虽然前行的路径存在差异，但在追求自我实现与价值认同上却殊途同归。就像面对婚姻，傅大成一面深陷在无法相知的泥潭，但又舍不得烟火味，一面向往纯美的爱情，以致难以自控地越出常轨。其

① 郭宝亮著：《“沧桑的交响”——王蒙论》，《文艺争鸣》，2015 年第 12 期。

② 王蒙著：《我仍然是文学工地第一线的劳动力》，《中华读书报》，2020 年 1 月 19 日。

中显然也暗含了傅大成内心的无数次冲突与矛盾，如在白甜美要求去 Z 城同住，他却谎称无法解决时，“有一种说不出的心情，他不愿意更没有勇气承认这种心情”，深陷于负罪感当中的傅大成也沉溺于自己“到底要什么？”[①] 的不解当中。此后，在其如愿与杜小鹃相守后，又不时产生对白甜美的追忆与思念。白甜美虽然是一个传统的乡村女性，但她在早年就显露出不凡的能力与气度，并最终成为一名事业有成的企业家，她的软肋在于对男性的归属与依附，无论是包办婚姻时的“有意”为之，还是此后与老郑的关系的“慎重”，都源于传统的封建婚恋观和对“正统”男女关系的认同。杜小鹃显然是傅大成追寻已久的诗意温柔的“笑的风”，两人的结合尽管有违伦理曲折艰难，但王蒙并没有投以偏向性的反面态度，而是将其作为与白甜美相对的另一种婚姻状态，杜小鹃是一个具有真性情、为追逐爱情而不顾一切的女子，同时也有“要不，你还是回白姐那边去吧”[②] 的坚决与宽容。小说中人物虽然选择不同，但无疑都在寻求自我的身份认同，如傅大成对纯美爱情的追求，白甜美对传统家庭结构的维护与坚持，杜小鹃对爱与文学的痴迷。然而，他们在追求的同时也都在遗失，但遗失过后他们亦都重新与自我达成“和解”，认识到人事的变幻无常，从而在自我认同的悖反中实现辩证的自省与审视。

① 王蒙著：《笑的风》，作家出版社 2020 年版，第 27 页。
② 王蒙著：《笑的风》，作家出版社 2020 年版，第 176 页。

此外，对时代的复杂体认构成了小说辩证的另一个维度，即个人与时代的辩证。《笑的风》没有刻意地对时代进行单向的描写与呈现，而是将变动不居的时代潜藏在小说人物的人生经历当中。于是，时代的风云变幻与个人的曲折浮沉彼此呼应，两者相互介入形成一种复调，进而达到个人与时代的辩证，也使小说本身充满了“当代性”。[①] 因而，王蒙在小说中借助傅大成、白甜美、杜小鹃等人物的人生历程，去介入历史与时代，透露出对过往岁月及当下现实的思考，也将时代与个人的关系这一命题放置到小说的叙述始终。其中个人生活同时代的这种变动共振，不仅将“小我”的生活与“大时代”相连，并在两者的交织叙事中展现个人对时代复杂性的惶惑与体认，也将宏大叙事进行分解并与个人命运重新黏合，对 20 世纪 90 年代以来的“准个体时代的写作”进行反拨，从而呈现出相互融合又二律背反的辩证关系。马斯洛说：“人是一种不断需求的动物，除短暂的时间外，极少达到完全满足的状态。一个欲望满足后，另一个迅速出现并取代它的位置，当这个被满足了，又会有一个站到突出的位置上来。人总是在希望着什么，这是贯穿他整个一生的特点。”[②]《笑的风》中主人公傅大成往往不止于

① “‘当代性’说到底是主体意识到的历史深度，是主体向着历史生成建构起来的一种叙事关系，在建构起‘当代’的意义时，现时超越了年代学的规划，给予‘当代’特殊的含义。”见陈晓明：《论文学的“当代性”》，《中国现代文学研究丛刊》，2017 年第 6 期。

② 马斯洛著，许金声等译：《动机与人格》，中国人民大学出版社 2007 年版，第 8 页。

满足既有的生活，他不断地在思考自己缺少了什么，不管是物质还是精神，声名还是爱情，都在获得后产生新一轮的遗憾与缺失，如离婚后与原配及儿女的隔阂和冲突，社会伦理道义上的失重，与杜小鹃婚后情感的稳中走低以及分离后向原配寻求救赎的心理。同时，在人物追求的背后，显然都有时代做底，没有“大跃进”、改革开放等政治运动或政策的发起或调整，我们很难想象傅大成的一生会如此起起伏伏一波三折。显然，小说中人物的起落浮沉欢喜悲哀不仅取决于个人的追求与选择，也无一不与时代、政策、社会的调整休戚相关，而借助对人物的聚焦，我们亦可以看到时代与个人之间始终保持着呼应关系，并在这种双向的契合以及不可避免的偏差与缝隙中显豁出个人与时代的互文与辩证。小说结束之时，垂暮之年的傅大成也在经历过欣喜与悲伤、拥有与失去、幸运与遗憾，在体会过千般滋味与离合悲欢的生活后得以醒悟，并终于获得了生命的辩证法。颇有意味的是，小说中有一段傅大成与杜小鹃儿子立德关于“雄关漫道”的讨论。傅大成指出出处并不是说雄伟的关隘与“漫长的道路”，这里“漫道”的含义正是“莫言”，“漫”是不要，“道”是说话，不是道路。[①] 如是，对于傅大成耄耋之年对生活的体味与从容，我们也正可以引为“漫道风尘”。而在“风尘”当中，“得与失，悲与喜，缺憾与圆满，绝望与希望，在这部小说中都达成新的‘和解’，因为所有这一切，其实都不

① 王蒙著：《笑的风》，作家出版社 2020 年版，第 242 页。

过是生命的固有风景”。[①] 不难看到，王蒙86年的人生阅历与特殊的身份体验成为他书写历史与时代时无可替代的创作资源，饱经忧患的沧桑心绪与激情喷薄的抒发欲望，也使得晚年的王蒙终于得以贴近生命的本真，实现自我认知方式的转变与调整，从而突破以往那种充满精神负荷的话语空间，真正获得“生活本身的辩证法”。[②]

值得注意的是，与巴金的《随想录》、杨绛的《我们仨》、徐怀中的《牵风记》、黄永玉的《无愁河的浪荡汉子》等作家晚年书写的作品相异，王蒙既不着重于情节的刻意编排与故事的苦心经营，也少老年人所特有的阒然与沉静，他更加偏向于用自己的“魂灵肉体生命耄耋加饕餮之力”[③]，以“八面来风”“左右逢源”的方式书写自我强烈的生命直觉与感性体验，表现出只属于王蒙的“说话的精神”。诚如他所说：“在茫茫的生活的海洋、时间与空间的海洋、文学与艺术的海洋之中，寻找我的位置、我的支撑点、我的主题、我的题材、我的形式和风格。”[④] 如果说属于王蒙的

① 温奉桥著：《史诗、知识性与“返本”式写作》，《光明日报》2020年5月20日。

② 王蒙曾说：“我得益于辩证法良多，包括老庄的辩证法，黑格尔的辩证法，革命导师的辩证法；我更得益于生活本身的辩证法的启迪。”见王蒙：《我的人生哲学》，《王蒙文集》第45卷，人民文学出版社2020年版，第199页。

③ 王蒙著：《笑的风·出小说的黄金年代（跋）》，2020年版作家出版社，第276页。

④ 王蒙著：《我在寻找什么？》，《王蒙文集》第26卷，人民文学出版社2020年版，第147—148页。

“位置”“主题”“题材”和“支撑点”就是其自己的“局限”或者“不可能”，[①] 那么在《笑的风》中，王蒙则为我们打开了另外一种“寻找自己”的方式，即在有与无、得与失、变与不变、时间与空间以及理智与情感当中实现自我的敞开与姿态的“轻盈”。

总之，《笑的风》显然既有王蒙以往创作的诸多“症候式”特征，又包含了主体向自我内部的回撤以及始终保持思索的自觉与清醒。因而，无论相较于他上个世纪80年代小说中反映“新时期共识”的主流表述抑或90年代小说在“历史和解”与“意识融合”基础上再造民族文化主体叙事的努力。[②] 近年来，王蒙无疑都在叙述中试图循着“蝴蝶”的舞步，对以往紧贴着自我的精神阴影进行剥离与拆解，并借助个人与时代的缠绕和互证去透视生命的辩证法，最终获得“拯救”的力量与“逍遥”的从容。所以，如果说20世纪90年代的王蒙“不满于自己的作品里有着太多的政治事件的背景，包括政治熟语”，也“曾经努力想少写一点政治，多写一点个人”，但是“在这方面并没有取得所期待的成功”的话，[③] 那么，如今王蒙无疑在《笑的风》中试图回应与弥

---

① 郜元宝著：《当蝴蝶飞舞时——王蒙创作的几个阶段与方面》，《当代作家评论》2007年第2期。

② 房伟著：《“历史和解”与“意识融合”的文学史张力——当代文学史视野下的20世纪90年代王蒙小说创作》，《人文杂志》2019年第12期。

③ 王蒙著：《道是词典还是小说》，《读书》1997年第1期。

补这个遗憾，并努力同创作之初就深埋在心底的时代与个人、理性与感情、革命与生活的冲突与张力间达成某种和解。由此，回望王蒙近70年的文学创作史，可以说不管是王蒙个人独特又具有历史性的人生经验，还是其在创作道路上以笔为旗的得失与省思，都见证并回应了当代文学乃至当代社会与历史的变动和转型。也正是从这个意义上来说，《笑的风》不仅是王蒙在暮年之际对个人的回答与交代，也是其为历史和时代留下的一份总结和证言。而这显然不只是一种能力，更是王蒙以身为镜做出的选择和承担。

《笑的风》：晕眩的奇幻之旅

邢 斌

临沂大学文学院讲师

叙事美学的原动力到底是源于推陈出新而陌生化，还是因创作者内心情绪的喷射而戛戛乎独造，此问争鸣百年，各出妙解而未有定论。今年王蒙于86岁高龄推出长篇小说《笑的风》，又为这一讨论奉献了崭新的案例。

这部新书是一部微型史诗，既委婉又荒诞，因悠长而深邃。这一切，都源自男主人公傅大成的“晕眩症”。

傅大成天生“晕眩”体质。甫一亮相，他就遭遇到了生平第一场晕眩症。根正苗红的农家子弟傅大成此刻年方十七岁零七个月，在“起夜如厕归来的毛毛雨路上”被一阵“令他闻声起舞、恨不得满地打旋的女孩子的笑声”击倒在1958年的春风里。对于傅大成来说，“晕眩”可能比他写的诗更直白：身体直接发言，谢绝语言转述。傅大成的“晕眩症”初试啼声，听起来就像命运电台偶然的一声啸叫，其隐蔽的象征意味还需主人公用一生时间细掂量。

1979 年北京中青年作家会议的春风解冻了傅大成滞涩的文学梦。“农民秀才”傅大成由鱼鳖村而进 Z 城，“文艺女神”杜小鹃的出现又进一步提升了这场奇幻之旅的强度，导致他第三度晕眩。文学世界中，一切疾病皆是隐喻。在王蒙笔下，晕眩症不仅仅是肉体上的异常，同时也是一场撼动心理地壳板块的地震、一种被规训与惩罚激活的精神结构的打破和重塑。傅大成天生晕眩体质，敏锐亢奋、能诗善书，但也特别容易吸收自身难以消化的震波，以致晕成了习惯、晕成了常态。阴差阳错，他第四度晕眩于德国柏林，“滚石击打爱情生猛”的傅大成终于还是被杜小鹃收入囊中。

翻开中国现代文学正典，上一位著名“晕眩症人”的档案还得上溯到 20 世纪 30 年代的《子夜》。茅盾在这部巨著的第一章将重音放到了“吴老太爷”身上：

“天哪！几百个亮着灯光的窗洞像几百只怪眼睛，高耸碧霄的摩天建筑，排山倒海般地扑到吴老太爷眼前……头上都有一对大眼睛放射出叫人目眩的强光，啵——啵——地吼着，闪电似的冲将过来，准对着吴老太爷坐的小箱子冲将过来！”

“吴老太爷”的晕眩是一场“现代性应激反应”：工业时代的“怪力乱神”远远超过了老夫子想象力的极限，吴荪甫的理想反而要了自己父亲的命。

机械工业不但重塑了我们的外部生活方式，也重塑了我们的内部精神结构。这场巨变刚在地底涌动，本雅明就敏锐捕捉到了它的震波。很显然，活在现代中国的傅大成一生穿越了欧美参照物中数代人的历史单元，不可能再以普鲁斯特的方式缓慢地消化自己过山车般的震惊体验。

傅大成最后一次晕眩则带有身体的意味。75 岁的傅大成在漫长的等待中悲从中来：一端是回不去的故乡，另一端则是身在广州的杜小鹃，儿孙绕膝，忙碌并快乐着，仿佛触手可及而又遥不可至。

王蒙在上世纪 80 年代初发现代叙事之刃，在《布礼》《蝴蝶》《活动变人形》诸篇什中展示了他独特形态的“意识流”文体：理性与狂想交织的独白、充满暗示的象征。这种极具个性的文体与“新小说派”的“零度叙述”看似两极，实则相合：充分保留了对心理流程的客观化叙述，避免叙事者的声音在主观的心理描写中泄露给读者。在《笑的风》中，作者把“意识流”进一步发展成了“词语流”，傅大成的心理开关一旦打开，被触发的不再仅仅是各种感官接受的物象、气味和声音，更多的是纷至沓来无穷无尽的词语、概念、符号。这一文体与傅大成身处的现代语境“异质同构”：在现实生活中，人类诗意栖居的语言被异化为机械工业风格的符号颗粒，根本无法消化，只能从食道里喷涌而出，一泻千里。现代人被寄生的符码所包裹，身体感官反而被封闭了，人和世界无法直接对话，只能间接转译。

隆重的悲剧容易写，寓意深长的喜剧却很难。1985 年，卡尔维诺在留给诺顿讲坛的遗言中提醒我们，旧的文学世界太沉重了，希望未来千年人们写一些轻逸的故事。中国近代史第一场大变局中，我们这个古老民族艰难困苦，步步惊心，痛苦的语境中连滑稽都带着一份悲哀。因此王德威感慨说，“五四”以来之新文学可谓一片涕泗飘零。今天世界身处另一场大变局，急管繁弦，喧腾高亢，当代叙事理应展翅飞翔。王蒙已86岁，人书俱老，“高龄少年”“仍然依旧”在“激发写作的那种探险性的、流浪汉般的内在节奏”，精准捕捉，正入奇出，这般境界，岂止“幸甚至哉”。

（原载《文学报》2020年7月4日）

对女性声音与女性主体性的再思考
——论王蒙小说《笑的风》中的女性形象

蔡郁婉

中国艺术研究院助理研究员

王蒙的新作《笑的风》篇幅并不长，时间上却跨度极大，从 20 世纪 50 年代直到 2019 年。小说描写了主人公傅大成从 17 岁以来的个人经历，尤其是傅大成的爱情经历与婚姻生活。由此，小说也塑造了在傅大成人生中最为重要的两个女性角色白甜美和杜小鹃。这两个女性角色分别作为傅大成被父母包办成婚的第一任妻子与自由恋爱的第二任妻子，虽然具有某些符号化的倾向，但也在以往同类人物的序列中显示出了某些新的特征，从而使我们对王蒙的性别观具有了新的理解维度。

一、关于“理想之爱”的反思

关于理想爱情的想象和书写是“新时期”文学中并不

少见的主题。同时，秉承“五四”新文学的传统，理想爱情在“新时期”文学之中亦被赋予了突破禁锢、呼唤人性的救赎意义。“爱情不仅意味着理想主义者的固守，‘合理、健全的人生’，而且意味着个人的天空、人性的领地。”[①] 这种关于理想爱之救赎功能的想象在张洁的《爱，是不能忘记的》之中达到了极致。在这一小说中，钟雨与老干部只见过寥寥数面，却相爱一生。张洁以这样一段“镂骨铭心”的、纯粹的柏拉图之爱，构筑了一处精神家园，一个“想象中的现实”，“从灾难血污的底景上凸现并救赎出‘人’”[②]，并以此呼唤着文明社会的到来[③]。

《笑的风》首先也是一个关于爱情想象的文本。傅大成17岁的深夜在宿舍中，为夜风中送来的女孩的笑声所吸引，由此而引起了他关于异性和爱情的想象。但紧接着，这一幻想夭折于父母的包办婚姻之中。作为渔村中唯一的高中生，傅大成却近乎逆来顺受地接受了这一安排。对于这段婚姻，傅大成没有积极的反抗，只有消极的逃避。傅大成将与白甜美的婚姻视作自己向往“文明”生活时不及的耻辱，走向高蹈世界时尾大不掉的庸常。直至人到中年，傅大成终于摆脱

---

① 戴锦华著：《涉渡之舟——新时期女性写作与女性文化》，北京大学出版社2007年版，第43页。

② 戴锦华著：《涉渡之舟——新时期女性写作与女性文化》，北京大学出版社2007年版，第62页。

③ 贺桂梅著：《“新启蒙”知识档案：80年代中国文化研究》，北京大学出版社2010年版，第77页。

了这段包办婚姻，转而与自己志同道合的作家、教授杜小鹃再婚。但有趣的是，这一次看似基于理想爱情的结合却不再承诺救赎的到来。以理想爱情为基础的婚姻并未将傅大成带入他所追求的“文明”与“高蹈”之中。因为婚姻生活不仅仅是文学艺术，不仅仅是君特·格拉斯与勃拉姆斯，还有琐屑到如香皂盒子是否关得严实、洗手时放多大的水、毛巾是否拧干这样的生活习惯问题，以及两个人难以磨合的性格缺陷。在这里，王蒙使“新时期”中关于理想爱情的乌托邦想象完成了一次“着陆”，从而暴露出这一想象的虚弱。当傅大成面对杜小鹃请来的大厨所做的一桌菜肴，却感到这些都不如白甜美随手烹制的家常菜，“不论吃谁做的饭，他的结论只有‘白甜美万岁’五个字”[①] 时，王蒙完成了对爱情乌托邦想象的一次讽刺和解构。

而事实上，傅大成与白甜美虽然没有爱情作为基础，却也无论如何算不上是对傅大成的束缚。相反的，傅大成在这一次婚姻中获益良多。在白甜美到达 Z 城与之团聚之后，傅大成的生活才变得规律、整洁、舒适，所谓“甜美在家，福满大成”[②]，除了为傅大成赡养父母、抚养子女之外，白甜美使傅大成一家得到了物质上的极大满足。“小吃大菜、冷盘热炒、鲁川东北、土酒散装、白干花雕，甚至他们的饭

① 王蒙著：《笑的风》，作家出版社 2020 年版，第 220 页。
② 王蒙著：《笑的风》，作家出版社 2020 年版，第 37 页。

桌上出现过油炸花生米与龙虾片”[1]。同时，白甜美并不仅仅只是傅大成的“贤内助”。靠着在县城服装厂挣计件工资，白甜美攒下了六千多元的可观存款；改革开放之后，她又经营茶室，并获得了极大的成功。这些在傅大成再婚后反而不断地出现在傅大成的回忆之中，一再将傅大成关于理想之爱的追求指认为“生活欺骗了我”。

白甜美身上寄寓着作者多层面的思考。白甜美作为中华人民共和国成立以后成长起来的一代劳动妇女，又在改革开放的大潮之中成为成功的时代弄潮儿，但她在婚姻生活之中所自觉扮演的仍是秦香莲式的旧角色。无论是她阐述离婚的理由“不能遂了小婊子与陈世美的心”[2] 时与听到离婚判决时“变声变色地喊着‘冤啊——’向审判台一头撞过去”[3]，还是她在离婚后对失败婚姻的反思——白甜美认为她自己在婚姻中是有罪的，因为是她提出要嫁给傅大成，而他们门不当、户不对；同时他们又不是通过自由恋爱而结婚的，因此由白甜美“导致”的包办婚姻自然会成为傅大成难以下咽的苦果——白甜美都将自己指认为被侮辱与被损害的弱者。显然，虽然成长于“男女都一样”的时代语境之中，但是以白甜美为代表的这一代女性并未真正完成自我精神的革新和蜕变。尽管妇女解放在国家话语的层面上已经得到了

① 王蒙著:《笑的风》，作家出版社 2020 年版，第 36 页。
② 王蒙著:《笑的风》，作家出版社 2020 年版，第 170 页。
③ 王蒙著:《笑的风》，作家出版社 2020 年版，第 170 页。

实现，但是“应该也必须与妇女解放这一变革相伴生的女性的文化革命被取消或曰无限期地延宕了”[①]。对白甜美等女性而言，强有力的社会询唤与整合曾将她们这一代的劳动妇女托举上社会舞台，但她／她们的女性主体却从未被真正地唤醒。白甜美一面务工一面操持家务，也恰恰印证了彼时新中国妇女最为典型的形象：“双肩挑”——在与男性一样承担着公民义务的同时，她们“在家庭中所出演的却仍是极为经典、传统的角色：扶老携幼、生儿育女、相夫教子，甚至是含辛茹苦、忍辱负重”[②]。

而王蒙对白甜美形象的另一层思考乃是，这一类含辛茹苦、忍辱负重的劳动妇女，她们的牺牲却鲜少被正视过。在傅大成看来，尽管白甜美在他默默无闻之时尽己所能给予他帮助和扶持，但是白甜美作为一个女工、家庭妇女、个体户在思想层面上与他是“不匹配”的，无法进行有效、有益的交流。因此，当傅大成成为文坛新秀、知名作家之后，白甜美在其生命之中的使命便已完成，应当退出以为更为“匹配”傅大成的杜小鹃留出位置，正如在《绿化树》中张贤亮为马缨花所安排的结局一样。当章永璘脱离苦海之后，马缨花便适时地、自觉地消失了。实际上，对这一类带有传统劳

① 戴锦华著：《涉渡之舟——新时期女性写作与女性文化》，北京大学出版社 2007 年版，第 5 页。

② 戴锦华著：《涉渡之舟——新时期女性写作与女性文化》，北京大学出版社 2007 年版，第 12 页。

动妇女思想特征，同时却被知识分子丈夫视作庸俗累赘的女性所怀抱的思考和同情始终贯穿在他的小说创作中。在《活动变人形》中，倪吾诚将他的妻子姜静宜形容为粗俗、市侩、卑劣、蛮不讲理，并常常在其母姜赵氏及其姐姜静珍的怂恿和帮助下与他为敌，使他的家庭生活充斥着混乱和愚昧，使他苦不堪言。但随着叙事的展开，我们发现，倪太太本出身于乡绅之家。倪吾诚借妻子家的资助留洋归来以后，却成为一个眼高手低、只会夸夸其谈的软弱知识分子。甚至无法养活自己的一家老小。而他以西方的、文明的习惯来观照、要求姜静宜，处处照见她的不堪与庸俗。面对入不敷出的家庭、一双嗷嗷待哺的子女，以及计划着抛弃自己的丈夫，姜静宜的人格在重重压力之下被扭曲、撕裂。而当生活将她逼迫至不堪的境地时，作为获益方，丈夫却将她视作旧家庭强加给自己的枷锁，封建家长制的象征和余孽。与白甜美一样，姜静宜在这段婚姻之中也是被损害乃至是被剥削的对象。不可否认，姜静宜在小说之中的形象是病态而歇斯底里的。但恰恰是她的婚姻与家庭造成了她的畸形性格。姜静宜的矛盾人格之中既呈现了作者的批判，也寄寓着作者的同情。

在对白甜美、姜静宜这一类女性的人生悲剧表示同情的同时，王蒙的思考更进一步，指出恰恰是这一类女性最容易被时代的叙事所遗忘。“新时期”以来，女性意识开始在文学创作之中呈现出来。一些女作家开始书写女性意识与女性经验，挖掘女性文化。就女性写作而言，关于爱的话语尤其是其中的一个重要关节。其中更被寄寓了救赎的希望与性别文化重建的可能。然而，女作家笔下鲜少出现白甜美式的劳动妇女的声音。在《爱，是不能忘记的》之中，编织乌托邦的爱情想象，并可能从中获救的钟雨和“我”都是知识分子女性。而在男作家那里，如张贤亮的《绿化树》之中，被纪念和歌颂的是马缨花地母式的牺牲。可以说，在女作家和男作家双方这里，白甜美式的劳动妇女要么与那个能够带来救赎的新世界无缘，要么则被供奉在献祭的神坛上，被神性的光环遮蔽她们真实的遭遇。换而言之，白甜美这一类女性，带着她们不足亦不堪为人道的经历，被尘封在“新时期”文学话语的夹缝之中。这正是王蒙基于白甜美的经历而发出的反思和疑问：“她们几乎没有被任何方面正眼看过，岂止是被爱情遗忘了，她们也已经与正在被文化、被历史、被生活、被头脑与精英巨人，被各种意识形态丢弃了。妇联的姊妹，中外的妇女运动人物与学者，有一个人通告过、通报过、综合过、分析过、关心过伟大神州现当代被休弃的封建包办婚姻的产物式女子吗，又有谁公布过她们的数量与惨剧吗？”①

二、言辞：喧哗、缄默与话语权

从白甜美这一经验的湮没延伸开去，引发的是关于谁

① 王蒙著：《笑的风》，作家出版社 2020 年版，第 230—231 页。

在言说、谁能言说的思考。长期以来，王蒙的小说已经形成了洋洋洒洒、狂放不羁的语言风格。“有千言万语慌不择路，无法再用一种克制、正常的、节奏化的、结构化的叙述结构与语言组织去容纳之”，从而产生了“意识流语言的喷涌”。[①]《笑的风》亦是如此。小说行文信马由缰，各种信息、故典皆可信手拈来。另一方面，《笑的风》主要叙述傅大成的个人经历和生命体验。作为小说主要的叙述者，傅大成的内心活动、心路历程本就是小说之中无处不在的声音，傅大成作家的身份，更加剧了这种言辞的喷涌，甚至制造了某种喧哗。与傅大成的喧哗形成对比的是白甜美的缄默。小说中多次描写了白甜美的话少和沉默：“……甜美的话太少太少。做家务活的时候她不说话，一起吃饭甚至共饮两杯小酒的时候她不说话，……她不说话，她基本上不出声”[②]。这不仅是表现白甜美作为一个农妇和女工的讷于言辞，更说明了话语权的归属问题。在父系社会之中，女性在文化符号系统中受到深深的压抑。“男性拥有话语权，拥有创造密码、附会意义之权，有说话之权与阐释之权。”[③] 在这种压抑之中，女性的故事则由男性来讲述和阐释，正如《活动变人形》之中倪吾诚最初对妻子姜静宜形象的表述。而在白甜

① 龚自强著:《共和国的宝藏——王蒙的小说》,《传记文学》2019 年第 4 期。

② 王蒙著:《笑的风》，作家出版社 2020 年版，第 16—17 页。

③ 孟悦、戴锦华著:《浮出历史地表：现代妇女文学研究》，中国人民大学出版社 2004 年版，第 11 页。

美这里，这种压抑更成为一种内化的规训。因此在小说中，白甜美只有在梦呓之中才能发出意义不明的呼喊，显示她对于自身婚姻的焦虑与对未来命运的担忧。梦呓是无意识的流露，那正是规训松动而本我显影的时刻。除此之外，白甜美在与傅大成的婚姻之中鲜少言说自我。与这一缄默的自我规训相呼应的是，白甜美对自己婚姻悲剧的反思始终是指向自己的。白甜美认为自己的婚姻失败在她比傅大成年长，同时作为农村妇女却要"高攀"大学生傅大成。显然，这是将男权文化对于女性年轻的审美标准、父权社会"门当户对"的婚姻要求内化成了自己的标杆，并为自己无法达到要求而实施了自我惩罚。王蒙关注到，白甜美的沉默指向了她在与傅大成婚姻之中话语权的失落；无法言说自我，也再一次显示了白甜美这一类劳动妇女在历史和文学话语之中的失语和湮没。

如果说，白甜美的缄默是其经验被湮没的一种表征，那么杜小鹃则显示了一种女性声音的不断彰显。作为作家、学者，杜小鹃被傅大成指认为能够与自己对话、交流的对象。但杜小鹃显然不满足于为傅大成提供短暂的消遣和安慰、情感抒发的窗口，以笑容风姿短暂地点缀于傅大成的生命之中。杜小鹃积极地进行文学创作和教研活动，对自己的人生和爱情也积极地争取。杜小鹃的创作具有典型的特征。与傅大成主要面向个体之外世界的文学创作，如关于女排"五连冠"的报告文学相比，杜小鹃的文学创作充满了个人性，皆基于个体的经验。从《无法投递》到《只不过是想念你》《并不是情书》，再到《孵蛋记》，杜小鹃在其文学之中将其个人的成长经历与情感历程借文学之名和盘托出。这也正是女性写作的一种典型特征。

对于从事写作的女性而言，她们面临的最大问题即是，文字和语言符号乃是由男性所创造的。“语言文字并不是女性通向地表世界、通向社会主导交流系统的一座桥梁，它本身首先是父系文化拒绝怎么统驭异性的、与肉身囚禁并行的一道精神狱墙。”[①] 当她们使用这些符号来进行创作、表达性别经验、重塑性别文化之时，有可能遭遇到语言符号之中暗藏的陷阱，甚至在试图接近自己性别真相的同时反而逐步远离了它。因为缺少真正属于自己的语言，她们便没有以一个真实语言来叙述自身的可能。而另一方面，在经过长期的男权统治之后，可供女性写作者参考的往往是由男性大师所创造的女性神话。这使“她们受到传统的妇女形象限制，而她们要脱离这种模式又是极其困难的”[②]。在这样的情况下，女性在写作之中“写自己”就变得格外重要。书写女性独有的生命体验这一男性作家鲜少也难以涉足的领域，成为女性写作者最为有效的发声方式。

---

① 孟悦、戴锦华著:《浮出历史地表：现代妇女文学研究》，中国人民大学出版社 2004 年版，第 13 页。

② 参见西蒙·德·波伏娃所写《妇女与创造力》一文，引自张京媛主编《当代女性主义文学批评》，北京大学出版社 1992 年版，第 157 页。

正如苏珊·格巴所指出的，“只有首先把自己变成艺术品的妇女才有可能成为艺术家”[①]，杜小鹃的个人生活与其创作之间几乎不存在距离。《无法投递》《并不是情书》是日记书信体小说。这一文体长于直抒胸臆，而创作也是以她个体的情感体验为素材展开的。前者讲述一位大龄女子的情感经历，涉及到其少女时未婚先孕的经历；后者则在她与傅大成的通信基础上进行了编辑和修辞铺演而成。《只不过是想念你》等诗歌则表达了杜小鹃在恋爱之中的主观感受。《孵蛋记》的创作则基于其少年时对于孕育生命的渴望，甚至想以自己的体温孵一个鸡蛋，“办不成孵蛋场我就写一个女孩子孵蛋的长篇小说”[②]。可以说，杜小鹃的文学创作之中始终存在着一个“我”，这是“生活被体验为一种艺术或是说艺术被体验为一种生活的结果”[③]。同时，杜小鹃所书写的并不是男性中心文化所期望女性来书写的东西。以此，她宣告了自己的反叛。例如在与傅大成相恋之时，面对四起的流言和对这段不伦之恋的种种猜测，杜小鹃毫不避嫌，坦然地描摹自己在这段恋情之中的思念和感想。如果说，面对女性

① 参见苏珊·格巴所写《“空白之页”与女性创造力问题》一文，引自张京媛主编《当代女性主义文学批评》，北京大学出版社 1992 年版，第 167 页。

② 王蒙著:《笑的风》，作家出版社 2020 年版，第 143 页。

③ 参见苏珊·格巴所写《“空白之页”与女性创造力问题》一文，引自张京媛主编《当代女性主义文学批评》，北京大学出版社 1992 年版，第 170 页。

的情感生活，男性中心的社会常常以猎奇般的窥探目光在无形之中将女性贬抑为被看、被书写的客体，那么杜小鹃对个人情感体验的主动公开便是一种拒绝，是在以一种言说自我的策略拒绝被讲述、被扭曲、被规训。“妇女必须把自己写进本文——就像通过自己的奋斗嵌入世界和历史一样”[①]，通过在文学创作之中讲述自我的经验，杜小鹃完成了对话语权的僭越，成为与傅大成平等的声音。这是女性不再缄默的时刻，是“女性体验在有意无意间撕裂男权文化的华衣美服的时刻或瞬间”[②]。在这种发声之中，女性获得了建构主体性的可能。而她的声音显然也对男性主导的话语世界产生了扰乱。

这种扰乱极为具体地发生在傅大成对自己婚外恋的处理之中。面对这段不伦之恋，傅大成开始的态度是闪烁其词的否认，并借助文学这一华丽的外衣来对自己的企图进行粉饰和包装：他与杜小鹃乃是文友；他们的交流是文艺的、学术的，“我们追求的是虚拟的美丽，是符号的美学，包括音、形、义、排列、编织、颠倒与取代、假设与可能……”[③]。但杜小鹃立刻援引文学为武器，以一篇取材于二人通信和来往细节的书信体小说《并不是情书》戳破了傅大成虚伪而华

① 参见埃莱娜·西苏所写《美杜莎的笑声》一文，引自张京媛主编《当代女性主义文学批评》，北京大学出版社 1992 年版，第 188 页。

② 戴锦华著：《涉渡之舟——新时期女性写作与女性文化》，北京大学出版社 2007 年版，第 16 页。

③ 王蒙著：《笑的风》，作家出版社 2020 年版，第 93 页。

丽的修辞。杜小鹃亦深谙文学的手法，将真实与虚构、真诚与虚伪相混杂：“越是实在的地方越要写得哲学、天文学、玄虚、神秘、抽象、夸张、离奇，最好是荒诞，……进入了荒诞胡扯，就是进入了自由王国”①。借助于掌握语言符号的秘密，杜小鹃进入由男性创造的、且长久以来只为男性所掌握的符号系统之中，完成了对男性话语的否定和改写。从这一角度看，杜小鹃在小说中所完成的与其说是与傅大成的交流，毋宁说是一种对抗。最终，傅大成极力想扮演好的丈夫、父亲形象在杜小鹃言辞的扰乱之下倒塌；同时，他曾经意图反抗却又只能长期消极逃避的父权制下的包办婚姻也在这种扰乱之下分崩离析。借助对一场在新时期文学中并不鲜见的婚外恋的重新讲述，王蒙揭示了女性声音对父权秩序所具有的颠覆力量。

三、秩序之外：女性主体性的建构

在杜小鹃的创作中，我们可以看到这样一些女性形象：未婚先孕的少女；单身不婚的大龄女子；陷入与有妇之夫情感纠葛之中的中年女子，而她本人对这一段不伦之恋则毫不讳言。如上文所述，这些形象的塑造基于杜小鹃自己的经历，她们与杜小鹃本人是高度吻合的。杜小鹃少年时所渴望

① 王蒙著：《笑的风》，作家出版社 2020 年版，第 100 页。

的是革命、爱情、生育。而她的第一个革命行动就是在19岁时未婚先孕生下了一个儿子，尽管不得不转送他人。由于这一行为，杜小鹃更改了父亲的姓氏，自我选择了“杜”这个姓。从某种意义上说，杜小鹃几十年来既非某人女，亦非某人妻。我们知道，在中国长达数千年的父权宗法制社会之中，女性是被以妻子、媳妇等身份，作为种种工具、职能而被纳入秩序之中的；父权社会因此而得以在抹杀女性之异己、他性的威胁之同时借助、利用女性，走向自身的完满。那么由此观之，始终孑然一身的杜小鹃则始终身处秩序之外。作为游走于秩序之外的异端，她因此而逃脱了秩序的剥削和规训。

杜小鹃的文学创作是对于父权社会关于女性贞节与婚姻伦理的蔑视和嘲弄。而事实上，杜小鹃这个女性的存在本身即构成了对父权宗法制的颠覆。王蒙很早便关注在共和国成立之后成长起来的一批“新女性”。在他的长篇小说处女作《青春万岁》之中，王蒙描写的便是一群成长在共和国成立初期岁月中的女高中生。她们为无产阶级革命所召唤，也无疑将用一生投入社会主义建设之中。在“少布”精神的裹挟之中，郑波、杨蔷云等人的女性主体意识似乎成了一个不言自明的东西，仿佛在革命事业之中她们的女性主体性将自然地随着主人公意识的成熟而形成。同样的，在《这边风景》之中的爱弥拉克孜、雪林姑丽等人亦是如此。这也正是戴锦华所一再指出的，在“男女平等”的社会召唤之下，关于女性、女性的话语与女性自我陈述与探究却长期缺席①。杜小鹃与她们不同的一点在于，杜小鹃也向往革命，向往林道静式的“革命与献身的急迫”，“唾弃了平庸与安宁”②，但她的第一个革命行动却显然是指向父权宗法制的文化本身的。她19岁时未婚生下的儿子显然是对这一文化规训的挑战和反叛。同时，比之林道静是在卢嘉川、江华等男性先行者的引导之下在革命道路上不断深入的，在杜小鹃的革命之路上，并没有男性的引导者和拯救者。作为她行动基础和动机的，始终是个人的意愿；而她的主体性也在行动之中逐渐成长、成熟起来。因此，在与傅大成结婚之后，杜小鹃也并未表现得像一个符合父权宗法制要求和期待的妻子，所谓的“妇者，伏也，伏于人也”，要求妻子要附属于丈夫，听命于丈夫，并襄助丈夫。杜小鹃在婚后依然是将自我放在第一位的，并对傅大成与自己不同的生活习惯进行了纠偏与管制。更进一步的，杜小鹃甚至不想亦无需以“某人妻”的身份蛰伏于秩序之中。当她当初刚刚出生便转送他人的儿子出现时，杜小鹃再一次听从自己内心对于“做母亲”这一欲望的呼唤，离开丈夫傅大成去和儿子的家庭共同生活。这并不是一次出于母爱的牺牲，也不是一曲对于母爱的讴歌。与其说是赵立德需要母亲杜小鹃，毋宁说是杜小鹃需要儿子赵立德

---

① 戴锦华著：《涉渡之舟——新时期女性写作与女性文化》，北京大学出版社2007年版，第5页。

② 王蒙著：《笑的风》，作家出版社2020年版，第143页。

来填补其长期匮乏的做母亲的愿望。至此，秩序对杜小鹃的收编企图悉数以失败告终。

如果说，杜小鹃是自愿游离于秩序之外的，那么白甜美则是因为失败的婚姻而被排除出秩序的。白甜美奉献自我的婚姻破裂，在法庭宣判之时她几乎做出以死鸣冤的冲动之举，引来了无数同情。这原本可能只是一次关于秦香莲故事的老调重弹。但是，离婚之后的白甜美却没有以被伤害、被掩埋、继而被悼念的弱者形象自居，反而更做出了一番事业。没有了家庭琐事的妨碍，白甜美不仅将自己原来的生意经营得更成功了，还与当地的民政部门合作，主办了养老、助残的民营事业，设立多家养老院，俨然是一个热心公益事业的企业家。尽管白甜美对自己婚姻失败的认识以及对再婚的拒绝仍然带着被父权宗法秩序规训的痕迹，这是于父权宗法社会之中成长起来的白甜美难以摆脱的影响。但是，她并未被局限在父权宗法制文化关于失婚妇女的刻板印象之中。可以说，秩序的抛弃并未使白甜美自怨自艾、自我怜悯而一蹶不振，反而在脱离了秩序规训的情况下获得了成功。白甜美生命的意义，转向了自己的生活本身，也不再需要男性的认可。这也在无意之中印证了“新时期”初期白峰溪话剧中那句觉醒女性自觉反抗的宣言：“女人不是月亮，不靠反射男人的光辉照亮自己。”[①] 而在白甜美事业成功之后，其婚

① 参见白峰溪的《风雨故人来》，转引自戴锦华著《涉渡之舟——新时期女性写作与女性文化》，北京大学出版社 2007 年版，第 67 页。

姻之中的遭遇也使Z城妇联建议企业家白甜美创办女性婚姻悲剧博物馆。如前所述，在那段被牺牲、被剥削的父权制包办婚姻之中，白甜美是失语的。她的经验和遭遇都被遗忘、被湮没了。但离婚后，是“白总”这个凭借自我的力量站起来的女性才使得自己，以及许多与自己一样遭遇的女性有了被发现、被倾听、被铭记的可能。杜小鹃是以将自己写入本文的方式来发出声音；而白甜美则是通过个人的奋斗而将自己嵌入了世界与历史之中。杜小鹃和白甜美曾经分别代表了反叛父权规训与服从父权规训这两种女性类型。在这里，她们都不约而同地“从王后的窥镜之中破镜而出，古老而沉默的死亡舞蹈将变成胜利的舞蹈、言说的舞蹈和富有权威的舞蹈”[①]。白甜美和杜小鹃的人生故事也或在无意之中触及了女性主体性与父权秩序之关系的探讨。

结　语

王蒙作为当代文学史中最重要的作家之一，其创作始终关注着女性命运和女性生存的历史现状。从《青春万岁》到《活动变人形》和《青狐》，再到《这边风景》，王蒙的小说之中存在着形形色色的女性人物。而其新作《笑的风》之

① 桑德拉·吉尔伯特、苏珊·古芭著，杨莉馨译：《阁楼上的疯女人：女性作家与19世纪文学想象（上）》，上海人民出版社2015年版，第58页。

中对女性经验与女性历史的思考达到了一个新的高度。但在这一文本之中，王蒙对女性经验和女性命运的处理仍稍显简单化和理想化了。如在杜小鹃作为未婚母亲之时所承受的压力，其对傅大成的恋爱是如何推进的；白甜美离婚之后是如何完成心态的转变，又是怎样建构起自己的事业的。这些在小说之中处理得都极为简略甚至粗糙。这也正是小说人物显得符号化的原因之一。但正如本文此前所指出的，女性独有的生命体验、情感体验，是男性写作者难以涉足的领域。这是王蒙无法克服的短板。但这并不影响这一小说对我们所具有重要的意义——而其重要意义之一，便在于它所开启的对于女性声音与女性主体性的重新思考。

（原载《艺术评论》2020 年第 11 期）

坚硬的日常与凌虚的爱情：傅大成的婚姻与人性困境

段晓琳

中国海洋大学文学与新闻传播学院讲师

一、坚硬如水的日常

王蒙《笑的风》长篇版与中篇版相比，增加了近五万字的内容，其中相当重要的部分，便是增加了傅大成与杜小鹃的婚后生活，尤其是那“绝非一帆风顺的一切”[①]，比如杜小鹃的无名之火与围绕电烤箱的“未了情”，比如杜小鹃的奶油炸糕与傅大成的金丝雀，王蒙着意增加了轰轰烈烈的爱情碎裂为庸常渣滓的过程，将过瘾与来劲之后的琐屑与平庸和已经完成了的爱情里的乏味与无趣，在傅杜二人的日常生活中充分展现了出来。1981 年，王蒙在小说《深的湖》中曾就遇罗锦的红叶与黄花鱼问题进行了颇为严肃的讨论，

① 舒晋瑜著：《王蒙：时代的汹涌与奔腾前所未有》，《中华读书报》2020 年 6 月 17 日。

小说中锦红的观点被伙伴们公认为“比较深刻”，锦红认为：“我们还没有条件不为黄花鱼操心啊！然而，你们果真以为小说中的那两位人物感情破裂是因为黄花鱼吗？不，不是因为黄花鱼而感情不好，而是因为感情不好才讨厌黄花鱼。”[①] 黄花鱼与红叶的对立，实质上已成为无爱的婚姻日常与诗意的高尚爱情之间的对立象征，但值得注意的是，《笑的风》中的“鱼叶之争”，并非发生于婚姻或爱情的末路期，而是发生于傅大成爱情的觉醒期与发生期，他在领略了高雅文气的“世家才俊”杜老师的风度之后，四十而始惑于红叶与蜻蜓姑娘，于是心也“随风而去”，但是傅大成在“鱼叶之争”中觉醒而后发生的诗意爱情，最后却在新的坚硬日常中走向了新一轮的平庸，那为追逐“红叶”而被摒弃的“黄花鱼”，终于在坚硬如水的日常中重新替代了“红叶”，成为了生活的主体，而长篇《笑的风》所着力增加的部分，正是“黄花鱼”的部分，这也是尤为值得注意与分析的部分。

傅大成是在真正领了结婚证以后才发现了杜小鹃强迫症式的管制力与监督力，“每次吃饭前与如厕后要监督洗手，洗手要用蓝月亮洗手液，不能用舒肤佳。洗手不能在洗脸池中洗，说是网上说了，脸池中的细菌含量多于大便后的抽水马桶。洗手时放水不可过大，过大是浪费水，不可过小，过小洗不干净……”[②]，也正是在围绕电烤箱“未了情”的

① 王蒙著：《深的湖》，《王蒙文集》第13卷，人民文学出版社2014年版，第287页。

② 王蒙著：《笑的风》，作家出版社2020年版，第196页。

无名之火中，傅大成发现了杜小鹃的歇斯底里与不合逻辑的“乖谬”，而神童儿子的到来，则让傅大成见证了杜小鹃的生命重心从“红叶”到“黄花鱼”的彻底蜕变。曾经“深信恋爱达到了唯爱唯一，此生此命，只求一个爱情，再无其他”[①]，并将爱情性等于童话性的杜小鹃，在儿子归来，尤其是儿子带着孪生孙子归来后，完全沉溺于平凡人的天伦之乐，她对鳜鱼、奶油炸糕和烹饪炊艺的关注已远大于文学与爱情，相较于做傅大成的爱人，她更专注于做儿子的妈妈和孙子的奶奶。事实上，当傅大成面对坚硬的日常，第一次产生“必须坚定”的念头时，他与杜小鹃的爱情就已经产生了肉眼可见的不可弥合的裂痕，“必须坚定坚决坚守坚持，他必须死死顶住，他与小鹃就是天作之合，就是天仙良偶，人间头一对，世上拿摩温（No. 1），他与小鹃之爱是绝对的，无条件的，不需要也绝不允许讨论分析的”[②]。正是出于对即将诞生的“不坚定”和爱情童话可能破灭的恐惧，傅大成才一再说服自己“必须坚定”，而这份“必须坚定”恰恰证明了诗意爱情在遭遇坚硬日常时的脆弱与易逝。

更值得注意的是，当杜小鹃淹没于清蒸鱼、焖对虾、京酱肉丝、铁板豆腐夹肉馅之中时，傅大成几乎是本能地念头一闪，“再什么大厨什么四十一年未见的亲儿子什么哭哭笑笑什么花了一万八，做出来的菜也赶不上白甜美顺手一拨

---

① 王蒙著：《笑的风》，作家出版社 2020 年版，第 74 页。

② 王蒙著：《笑的风》，作家出版社 2020 年版，第 198—199 页。

拉的白菜粉条与肉片烧茄子”，这个想法让傅大成自己都打了一个“寒战”。事实上，不仅是杜小鹃抛弃了“红叶”选择了拥抱日常人伦，就连傅大成也开始怀念他的“攮花”与“白甜美万岁”。至此，文学性的、童话性的、诗性的爱情“红叶”，终于在当下不可避免的庸常现实与人世间不可阻挡的幸福人伦和对过去平淡日常的无限怀念中凋落。平淡如水的日常，却坚硬无比，而日常，之所以坚硬如水，就在于它是每个人的人生所实实在在着落的地方，它不仅是生活的主体，更是人性的刚需。

需要特别关注的是，在《笑的风》中，因爱情而结合的傅大成、杜小鹃的婚后日常是平庸琐屑的碎裂渣滓，而无爱的包办婚姻中的傅大成与白甜美的生活日常却不乏实在在的“攮花”与活泼泼的幸福，尤其是小说第四章，王蒙以充满赞美激情的语言洪流表现了白甜美在匮乏年代的高超炊艺，也正是白甜美所带来的动荡年代的平安与幸福，让曾经痛心疾首的无爱婚姻变为亲切安详、如鱼得水、如胶似漆、遍体舒泰的平凡幸福，这是一种非浪漫化的平实平稳、非诗意性的实事求是，但它显然得到了王蒙的真诚赏识与热烈肯定，并一再出现于王蒙的作品中。《狂欢的季节》中，热衷于制作酸奶、奶油炸糕的钱文，非常珍惜他养鸡养猫酿奶执炊的经验，因为“劣质酒、呛人的莫合烟，羊肉菜的既膻且鲜与煮得很烂的土豆与洋葱的甘甜浓拙的气味，还有各族同胞特别是体力劳动者的各有特点的汗气人气，混合在一起，使你知道——使你嗅到真正的人间，民间”[①]。《奇葩奇葩处处哀》中，沈卓然从1957到1978这20多年间的所有磨难都因淑珍的存在而不再是磨难，因为淑珍与白甜美一样，“追求的是正常，是普通，是平平淡淡平平常常的日子，是生活，是一辈子的厮守，是永远的手拉着手，是一起看电视和看电影”[②]，正是追求木樨肉与干烧鱼的平淡日子，让沈卓然在最狼狈的处境中度过了平凡却“最美好的时光”，而且在淑珍因癌去世以后，离得越久，沈卓然就越是发现淑珍的非同凡响，而“她的非同凡响就是她的平淡与普通，她的高度的普通与平淡正是她的出类拔萃”[③]。也正是欣赏、赞美并真诚感激淑珍的平淡与平凡的沈卓然，才能够在淑珍的墓前完成傅大成所不能完成的匍匐痛哭。

傅大成、白甜美包办婚姻中的幸福日常与傅大成、杜小鹃恋爱婚姻中的不幸日常恰好构成了一组颇有意思的对比，它揭露了傅大成与杜小鹃的爱情凌虚蹈空的本质。

二、凌虚蹈空的爱情

如果梳理一下傅大成与杜小鹃的爱情历程，会发现他们的爱情因为与文学的关系过于密切而失去了更坚实的现实

---

① 王蒙著：《狂欢的季节》，《王蒙文集》第7卷，人民文学出版社2014年版，第238页。

② 王蒙著：《奇葩奇葩处处哀》，四川文艺出版社2015年版，第23页。

③ 王蒙著：《奇葩奇葩处处哀》，四川文艺出版社2015年版，第41页。

基础。从《无法投递》开始，杜小鹃所迷恋的爱情就是文学中所描述的爱情，而非现实中的爱情，她甚至认为以《海的女儿》为代表的爱情童话代表了爱情的最高级，因为这种爱比一切的诗都诗，比一切的爱都爱，因此爱情性就是童话性。到《并不是情书》的时候，杜小鹃所表现出的对情书的杜撰与虚构欲，表明她实质上所追求的，是爱情、隐情、私情的小说化、文学化与抽象化，也就是所谓的“爱情的非爱情化”，这与现实生活中的实际爱情相去甚远。等到真正互通情书时，杜小鹃又在给傅大成的信中说“我只是爱我的好了，与你一起，这是可能的生活，想着与你在一起，不见得能与你在一起，这是文学，这是诗或者小说、话剧，一不留神成了歌剧，这是构思与升华”[①]。因此，对于杜小鹃而言，她与傅大成之间的爱情，从来都不是建立于现实基础上的爱情，它是高度抽象化、文学化的理想性爱情，是一种想象性的爱情建构。而傅大成在为他的婚外恋辩解时，也强调他是诗人，他追求的是水中月、镜中花式的爱情。王蒙告诉我们，“生活产生文学，文学要模仿，要书写生活的映象。也有时候文学走在前面，它虚构了事件，而后生活现实模仿了文学”[②]。而傅大成与杜小鹃爱情的发生在本质上就具有这种凌虚蹈空的虚构性，他们之间是先有了对爱情的文学性想象，然后在生活现实中对这一文学想象进行了“模仿”与实

① 王蒙著：《笑的风》，作家出版社 2020 年版，第 144 页。
② 王蒙著：《笑的风》，作家出版社 2020 年版，第 138 页。

践。就连他们第一次的灵与肉的结合都带有梦幻的“失真”色彩，西柏林洲际饭店中的梦幻曲，让诗与梦的爱情想象落到一地灰尘中，成为肮脏的婚外偷情，但因为这偷情是在半真半幻、杂乱混沌、自我走失、灵魂游走的“失真”状态中，是在虚假与做作的侵略与挤压下的快乐折磨中进行的，所以如梦似幻格外动心。

如果从空间上来看，也会发现傅大成与杜小鹃的爱情对现实日常的回避，他们的爱情可以发生、成长或升温于北京、上海、西柏林、希腊圣托里尼岛、爱尔兰都柏林，乃至游轮的客舱中，可唯独不能发生、成长或升温于“家”中，他们的爱情似乎游离于“家”之外，而把全部的琐屑与平庸都留在了“家”的空间日常中。甚至是傅大成与杜小鹃平淡离婚之后，他们重拾爱情与外语的时候，他们的爱情、文学与外语，都带有装腔作势的表演性质，傅大成会有意识地强化语言的符号性形式感、淡化能指所指情绪倾向，强化卖弄技巧堆砌词汇，来掩盖事实上的淡漠与勉强、空洞与疲惫。

因此，傅大成与杜小鹃的爱情，本质上是凌虚蹈空的，并未落到生活的实处，他们的爱情，从一开始就不具备扎实的现实基础，也无法直面坚硬如水的日常，而当自由恋爱的诗意婚姻因遭遇真正的日常生活而危机四起时，傅大成开始重新认识并怀念白甜美和白甜美式的生活，这就促使我们思考傅大成两段婚姻之间的深层关系和他追求爱情的真正动机。

笼统来看，傅大成与王蒙近些年小说中的苏尔葆、李文采等人物实质上属于同一类型，他们的共性在于因为被迫处于无法自由追求爱情的境地而迫切需要通过婚外恋等形式来弥补无恋的缺憾，对于他们来说，爱情更接近于一种缺憾的补偿。《仉仉》中与傅大成一样患有晕眩症的李文采，17岁时就被父母包办了婚姻，他被迫拥有了一个勤劳、泼辣、胴体通黄、能够屏蔽与压倒他的大媳妇，在他沉迷于外国文学，而大媳妇又着实引不起激情的时候，他便迷恋于清爽且英俊的仉仉，这是一位拥有着“女而男”式无与伦比的魅力的女性，李文采不但为她晕眩，甚至想要卑鄙地奸淫她，仉仉实质上成为了李文采无爱婚姻中爱与性的想象投射对象。《生死恋》中的苏尔葆虽不是包办婚姻，但君临于苏家的单立红善良得如铁如钢、坚决得势不可挡，她的敢想敢做、杀伐决断决定了苏尔葆的一切，让苏尔葆只能接受、无可选择。当单立红第一次出现在苏尔葆面前时，她“人还没有坐下，已经开始捡地上的碎纸。她扫地擦桌子晾晒被褥拾掇垃圾，她烙饼炒鸡蛋擀面切面炸黄酱调芝麻酱，炖茄子炖吊子炒鱼香肉丝虾皮丝瓜”[①]，她作为“天降仙童”降临到苏家，具有天生的当家风范，而在苏尔葆看来，当单立红选定了他的时候，他便失去了选择的机会，他不知道追求，不知道爱情，更不知道求之不得、辗转反侧的滋味，所以，当苏尔葆像杜小鹃一样念起“有女怀春，吉士诱之”的时候，他便产

① 王蒙著：《生死恋》，广西师范大学出版社 2019 年版，第 22 页。

生了恋爱的迫切需要，并顺势自然地与灵鸽仙子月儿发生了婚外情。相似地，傅大成对爱情的执念，正来自于包办婚姻所造成的被迫结束青春的遗憾，这份“被劫持”的遗憾，是兼具知识分子软弱性与阿Q式农民心理，却又接受了启蒙思想的文学青年傅大成无论如何也无法忘怀的“缺失”，尤其是在傅大成得到了远超于本村阶级弟兄的东西时，当他考上了省城外语学院并且一儿一女龙凤双全的时候，当他拥有的越多并同时更加地知道自己的“没有”时，未曾恋爱、没有爱情的缺憾就更加突兀地浮现出来，无爱的缺憾不仅是他胸中的块垒，甚至已经成为他腹中无法摘除的“毒瘤”，它间歇性发作、持续性潜伏并最终溃烂爆发，只有轰轰烈烈的自由恋爱这服虎狼泻药方能疏导泄除。

更值得注意的是李文采、苏尔葆、傅大成们完成了缺憾补偿之后的反应，他们无一例外地陷入了与旧婚姻剥离的痛苦以及对无爱妻子的强烈怀念。媳妇辞世以后，李文采悲痛欲绝，认为媳妇是他命运里的贵人，正是媳妇使他逢凶化吉，遇难成祥；当苏尔葆与月儿正式同居之后，他反而常常口误将月儿叫成“红红”；而再婚后的傅大成不但会越来越频繁地将小鹃叫成“甜美”，他也会本能地在头脑中闪念对白甜美的赞美，当他想起甜美的时候，“他只想五体投地，叩头流血，哭死他这个姓傅的”[①]，他甚至希望跪在甜美墓前时，甜美的在天之灵会像天使一样敲打他、疼爱他、救赎

① 王蒙著：《笑的风》，作家出版社 2020 年版，第 268 页。

他，他也隐秘地盼望着，可以与甜美在梦中相见。

傅大成在两段婚姻中的撕裂浮沉、痛苦愧悔，恰恰把“得而后知未得”的人性困境表现得淋漓尽致。学而后知不足，得而后知未得，在不悲伤时开始悲伤，在找到自己的时候失去自己。王蒙的《笑的风》承继了《伤逝》的现代性反思，重构了《活动变人形》的倪吾诚困境，延续了“季节系列”对知识分子心灵史的剖析和《青狐》对“新时期”文学与“新时期”历史的反思，加深了《闷与狂》中有关“自我”的哲学探索，并将王蒙汪洋恣肆的语言流风格发挥到极致，因此《笑的风》必然会抓住王蒙、迷住王蒙、缠住王蒙，促使王蒙由中篇《笑的风》创造出新的长篇《笑的风》。

一份“轻盈”的礼物
——读王蒙《笑的风》

霰忠欣
中国海洋大学中国现当代文学专业博士研究生

2020年4月，王蒙将原本刊于《人民文学》的中篇小说《笑的风》，在“升级改造”之后经由作家出版社以长篇小说出版，此前，王蒙曾在2019年年底刊出的《人民文学》杂志的卷首语中特别提到，此作“是一篇显然具有长篇容量的中篇小说”，这种情况在王蒙的文学创作中从未出现过，王蒙在出版说明时提到，他在已发表的文本中看到了许多“蕴藏和潜质”“生长点与元素”“期待与可能”，这些情节片段节点使王蒙与这部小说重新“纠缠”在一起，从《笑的风》出版的过程中，我们也可以感受到此部小说对于王蒙的意义与动力，王蒙关于时代丰富的经验、记忆、情感成为本部小说灵感的来源、素材和创作的想象，小说以轻盈的笔触，对历史时空下混杂着记忆、遗忘、幻觉的个人情感、群体故事、精神图景进行了多维度的书写。《笑的风》以主人公傅大成的视角展开，从青涩少年到耄耋之年，从上世纪50年代末到2019年，从北方小乡村到北京上海再到欧洲各国，王蒙在社会发展中雕琢着人物的悲欢离合，在重叠的时空下建构起世俗的穹隆，其中人格化的“风”以轻盈的姿态成为联系遥远事物的象征。与王蒙20世纪80年代创作的一系列中长篇小说不同的是，在“笑的风”这一荒谬视图之下，王蒙以更为日常化的抒情、世俗性的描写将个体精神指向一个可引发共鸣的、具有多种阐释启发性的世界，在这部小说中，王蒙实现了以沉重书写沉重到以轻盈托起沉重的转折，将《笑的风》所代表的无限可能编织成一个巨大的礼物，对死亡、现实、永恒这些沉重问题的叩问通过轻盈的方式进行书写，脱去苦难外衣之后使得作者直面本真的自我成为可能。

一、时空重叠下的命运穹隆

博尔赫斯曾在关于时间的问题上指出，人类最好的发明是“永恒”，并认为“书籍是记忆和想象的延伸”[①]，永恒包含所有的过去、现在和未来，其将时间和空间容纳的万物连接为统一的整体。《笑的风》对于王蒙来说，是时空重叠之下虚构的个人命运穹隆，其间无数被分割断裂的片段重

① 博尔赫斯著，黄志良译：《博尔赫斯，口述》，上海译文出版社2016年版，第1页。

新汇聚在一起，将过去、现在和未来通过细密的丝线紧紧缠绕，借助驳杂繁复的语言以及极为日常、琐碎、清晰的生活描写将生命经验肢解。1958年的春天，“路上，恍惚听到春风送来的一缕女孩子笑声”[①]，对于刚刚走进县中学宿舍楼的傅大成来说，夜风送来的笑声如同一个精致的寓言故事，将时间载入波澜起伏的一生，60年间无论是傅大成、白甜美，还是杜小鹃，他们的命运随着时代和科技日新月异的变化不断碰撞着交织在一起。《笑的风》作为小说在内容上已经超越了王蒙所创建的时空之网的束缚，主人公傅大成往返于小说虚构的穹庐与王蒙真实存在的记忆中，作家的思维逻辑与艺术想象融汇于被构成的小说情节，交织的人物关系图谱形成文学化的、诗意的阐释。当我们对人物特征进一步分解时会发现其显现的巨大矛盾特质，难以对人物的何种命运进行是非善恶的评估，仿佛置身于得到与失去的灰色地带。《笑的风》这部小说对于生命和时空的无限以及无常表现得更为彻底，王蒙借助主人公傅大成表达出内心对于生活本质和个人命运的思考。

在《看不见的城市》里，忽必烈可汗问马可·波罗“你是为了回到你的过去而旅行吗”[②]，马可波罗回答道“旅行者能够看到他自己所拥有的是何等的少，而他所未曾拥有和

---

① 王蒙著:《笑的风》，作家出版社2020年版，第1页。

② 卡尔维诺著，张密译:《看不见的城市》，译林出版社2012年版，第27页。

永远不会拥有的是何等的多”[①]，文学作品之所以能够与读者产生共鸣，一个根本原因在于作家通过精神上的想象和创造，将现实的经验以丰富的内涵显现。根据经验，王蒙的语言成功融进于整个文学作品的意义整体之中，二者之间存在着密切的相互作用，语言将王蒙丰富的生活经验以及对世界所有可能发生的各种幻想联结在一起，记忆作为根基，伴随着各种复杂情感的选择，语言成为编织生活的方式，带有决策性的对内容的增删也会以另一种方式加深作者的记忆和生命体验。王蒙对记忆中生活情景不同时间、地点的情感调动使得小说形成了关于时空的独特节奏感，在一个特定秩序中，由创造的幻影以及真实的假设所构建的梦如巴别塔一样，在精确的空间内填满无休无止的可能性。在广阔的时空视域之下，主人公傅大成在《笑的风》与王蒙所建构的时空之网之间自由穿梭。王蒙曾在1985到1987年间写下一系列游历各国的诗歌，比如1985年的《柏林墙》《时差》《在吕贝克教堂听音乐》，1986年到1987年写下的《欧非之旅（十三首）》，1987年写下的《西柏林洲际饭店之夜》《南极和北极》《苏格兰威士忌》等，其中1987年有关梦的《西柏林洲际饭店之夜》与《笑的风》中的第十二章“一九八五年西柏林地平线上”和第十三章“洲际饭店梦幻曲”形成交响，语言文字通过其荒谬的循环将主人公傅大成的生存空间

① 卡尔维诺著，张密译：《看不见的城市》，译林出版社2012年版，第27页。

拓展为无限的时空中，在现实与虚构间成为文学镜像。

在《笑的风》中，风的轻盈属性赋予“笑”独特的内涵，事实上“笑”也成为整部小说独特的语言符号，它扮演着指示爱情的神秘象征。因为“一缕女孩子的笑声”，大成写下一首“关于春风将女孩儿的笑声吹来的诗”，“风将我吹醒 / 笑将风引来 / 笑与风就此别过 / 春天就这样到来 / 春天就这样走了呵”①，对于傅大成来说，这样的笑声显然不是强调具有幽默的喜剧效果，而是侧重表达一种不经意的情感流露，小说中对于“笑”的意义表达也呈现出作为主体对象的内心感知状态，从另一方面反映着人物的心理，将一切事物合乎规律的存在与现实的整体关系中。在被安排的一桩婚姻中，尽管察觉到自己在 18 岁的年纪“被劫持”，但大成宽慰自己说“风为了甜美而送来笑声”，结婚之后，他发现自己并未得到甜美的笑容，“奇怪的是甜美很少笑，即使笑，也尽量不出声，她笑的时候常常弯下腰来，她笑的时候甚至把嘴捂住”，当大成与甜美离婚之后，阿凤与母亲甜美谈起“郑叔”时，“妈妈笑了，十多年了，她终于笑得这样舒心”②。而在对于杜小鹃的描写中则呈现出另一种情感状态，“傅大成糊涂了，他无法再与小鹃谈下去。然后小鹃笑了，她笑得很美，然后两个人都笑了，笑声随风而散，风声因笑而变得舒适”③，

① 王蒙著:《笑的风》，作家出版社 2020 年版，第 3 页。

② 王蒙著:《笑的风》，作家出版社 2020 年版，第 214 页。

③ 王蒙著:《笑的风》，作家出版社 2020 年版，第 91 页。

表露出自然情感的笑带有爱情属性，在某种意义上来说，呈现出宿命论色彩。通过“笑”传递出大成与甜美、大成与杜小鹃、老郑与甜美的情感影像，而这则成为时代之下个人命运变迁的缩影。

二、遗忘与依存的“情书”悖论

王蒙在《笑的风》中构建的爱情之网，由于记忆与现实的干涉也令他深陷其中，小说中起伏的情节不仅映射与反思着傅大成关于爱情的悖论，实际上也表现出对于记忆王蒙不断遗忘与恒久依存的精神困境，在小说中则表现为傅大成对自我选择合理性的探寻以及对生活的追问。王蒙深谙对立与统一的密不可分，尽管小说表现出对“笑”的偏爱，但在整部小说中王蒙并未极力地去肯定或否定，而是在情感与理性难以分离的过程中进行揣测或假设。面对白甜美和阿龙阿凤时，傅大成反复地告诫自己“他是滨海县鱼鳖村人，是白甜美的丈夫，阿龙阿凤的亲爹傅大成”[①]，由这些不同的身份组成的生命个体，在主张跟随内心情感变化而非绝对理性的结构构成特征上如同弗兰肯斯坦拼接成的巨大怪人。1884年威廉・詹姆斯在《心灵》一文中曾提出“什么是情感”，从对纯粹情感的研究到基于情感的思维，事实上反映出作为个体的人所表现出的信念、欲望、生存本质。傅大成和杜小鹃

① 王蒙著:《笑的风》，作家出版社 2020 年版，第 98 页。

关于《无法投递》讨论过关于“寻找”的问题。大成说“我看了《无法投递》，我觉得好像没有写完”[1]，而杜小鹃说“谢谢你，你说它没有写完，我真高兴，我总算是投递给了一个可以回应的朋友了。但是那信，只能说也是冒了傻气”[2]，“无法投递”只是作为修饰而省略去了真正想要表达的内容，在此也许是一种情感，一段记忆，或是一个城市。“无法投递”的内容站在了记忆的对立面上，仿佛间隔着时空难以邮寄的信件一样，傅大成与杜小鹃之间这段对话也赋予《无法投递》对历史记忆的多种反思。

王蒙试图通过文学中的文学来向我们解读生活的真实性与它虚构的可能，这一描述中的自我情感状态从《并不是情书》到“真正的情书”，实现了文学上的挣脱。在《并不是情书》中，“其中仙女座给火星写的信中有百分之五十确实是出自她给大成写过的信，也就是说另一半纯粹是她的小说虚构；而《并不是情书》中火星写给仙女座的信，有大成的真实信件作依据的，到不了百分之十”[3]，一定的真实性并不完全等同于绝对真实，这句话中隐含了对于《并不是情书》更偏向于虚构的观点，但是王蒙在描写这一情节时并未将它完全与真实对立。而数年后，原本假想化、文学化、抒情化的“情书”却转变为真正的情书，“他们的相处完成了

① 王蒙著：《笑的风》，作家出版社 2020 年版，第 88 页。
② 王蒙著：《笑的风》，作家出版社 2020 年版，第 89 页。
③ 王蒙著：《笑的风》，作家出版社 2020 年版，第 100 页。

全新的飞跃，然后他们当真通起信写起情书来了，不是火与仙的小说恋，而是傅与杜的舍命情：小鹃的文学，引领了也创造了他们的生活与命运”[①]，对于傅大成和杜小鹃来说，文学仿佛变成一把时间的雕刻刀，雕琢着未来生活发展的可能。生活中产生变化的各种可能往往由于既定的命运安排下显得十分渺小，“我们的爱情随着时间而巩固与充盈，但是时间也会使我们的珍爱一点点耗散与衰减……”[②] 存在的生命个体，在面对时间时显得更为无力却又难以逃脱，这种在现实与文学世界发生的具有悖论性却始终循环的过程以一种更中立的视角对生命展开阐释。

《笑的风》中隐藏着许多动荡、不幸、艰难、沉重的语汇，王蒙通过语言将傅大成崎岖坎坷的人生和错综复杂的感情经历隐匿于动荡的、快速变化的时代潮流之中。小说本身表达的内容是有限的，但是王蒙通过文字建构的秘密缝隙中，暗藏起由无数背离的、交错的、汇合的时间网络，它们交织在一起隐喻着各种可能性。“他仍然不断地咀嚼着自己婚事的记忆与感觉。有过窝囊、反感、绝望，有过好奇、开眼、适宜，有过兔子的惊惧与活泼，小鹿的奔跑与天真烂漫，豁出去了的羞耻与勇敢”[③]，“他终于承认自己迷上了甜美”[④]，在访德之旅结束后，傅大成已经从心理上逐步脱离了与白甜

---

① 王蒙著:《笑的风》，作家出版社 2020 年版，第 140 页。

② 王蒙著:《笑的风》，作家出版社 2020 年版，第 208 页。

③④ 王蒙著:《笑的风》，作家出版社 2020 年版，第 14 页。

美的感情生活，对待甜美和阿龙阿凤，傅大成体现为一种彻底的背离。在傅大成富有戏剧性的爱情生活经验中，显然隐藏着许多沉重哀伤的思绪，但是王蒙以一种类似于梦一样的表达方式和无意识的轻松的语言进行书写，小说内容并没有显得晦涩难懂而是充满趣味性和偶然性。当傅大成与杜小鹃生活在一起时，“大成一天不知道有几多次把小鹃叫成甜美，有时是白甜美，连姓氏也干脆搞错”[①]，在傅大成的意识层面中，白甜美不仅是作为他的前妻，也代表着共同生活的那段时间下所保留的记忆，直到立德的出现，傅大成与杜小鹃之间的问题更为突出。在“不哭”这一章节中，原本打算跪在白甜美墓碑之前的计划因为工人嘈杂的施工而扰乱，一处深情的细节表现出王蒙对于记忆不断遗忘却始终依存的认识悖论。

三、“轻盈之风”：记忆的幽灵走向永恒

王蒙在《笑的风》中将本质具有流动属性的“风”赋予了独特的内涵，它的存在使得现实与过去的连接成为可能。“风”本身表示空气的流动，是存在于自然中的我们可以客观感受到的对象，但是作为饱含传统文化内涵的关键字，可引申至社会风俗、人格层面、艺术审美等，小说中王蒙将它作为一种媒介将历史事件与现实生活勾连在一起，从

① 王蒙著：《笑的风》，作家出版社 2020 年版，第 204 页。

而为读者营造出一个承载流逝与变化的空间。当每一个人不可避免地被时间控制时，王蒙借助流动的、无影无形的风来对抗个人所承载的悲惨命运，被加以“笑”的风将不幸或是平庸吹散，在不可分割的每一个瞬间，将时间指向过去或转至未来，无意识下产生的记忆的幽灵通过笑中的个人与流动的风重新回到荒谬的视图之下，承载着关于生命的重复印象与无限的循环。“鲐背，是说九十岁的时候，你的脊背上会出现鲐鱼背上可见的纹络”，小说的最后，王蒙特别提到“鲐背之年”并作出解释，这一思考过程是理性的产物。显然，傅大成所依赖的时间与王蒙内心深处的感悟重叠，王蒙在小说中表现出的被分解又组合在一起的时间，其实是一种对于虚无状态的论证与反思，对于记忆的存在性与虚幻性问题上，王蒙给出了从“悲从心来”到“春情”的矛盾的答案。

王蒙对于风的思考不仅在其流动的本质属性上，还在于对其虚幻性的审美遐想，缥缈的风与生活的真实性与虚构性产生关联，主人公傅大成置身于王蒙设立的情境之下，通过虚构的文学艺术一路回望着自己过去的岁月。“生活产生文学，文学要模仿，要书写生活的映象。也有时候文学走在前面，它虚构了事件，而后生活现实模仿了文学。”[①] 王蒙对文学与生活的理解显然带有对柏拉图“摹仿”理论的思考，但其重点指出在现实世界基础上的文学艺术与它所影响的个人生活的关系。实际上王蒙肯定了文学对于现实生活的

① 王蒙著:《笑的风》，作家出版社 2020 年版，第 138 页。

某种推动力，息息相关的两者夹杂着真实与虚构的对立性问题，一方面文学因其模仿的过程而具有一定的虚构性，另一方面它又表现出超越生活本身的更具真实性的假设，在对这一问题的思考下王蒙将重点置于虚无且变幻多端的“风”。无常的命运如风一般四处飘零，却也可像建构起的文学宫殿超越时空而永存。面对历史，王蒙并未提及任何错综复杂的因果关系，只以傅大成的爱情经历为主线，借此牵出与父母、妻子、子女、朋友间的关系，小说中贯穿始终的怀疑、自省、哀悼、落寞、欢喜、寂静将历史生发出多种可能的根茎，在得到与失去之间，抽象化的风成为有限的个体与无限的生命的桥梁。

《笑的风》所传递出的是一种对待时间与生命的态度，是历经沧海桑田之后依然笑对生活的延续，当生命个体被生活欺骗，不断暴露着脆弱的命运时，王蒙以一种戏剧荒谬的处理方式，将面对人间悲苦的痛楚转变为对生命的感性体验和理性审视。“大成凄凉了。他把金丝雀伴伴从鸟笼里放了出来，金丝雀在家里飞了一会儿，自己乖乖地飞回了铁笼子。它的小眼睛一直盯着大成，好像怕他掉泪。”[①] 在傅大成晚年时期出现的这只金丝雀成为与他相伴之物。在俄语朗诵《假如生活欺骗了你》之后，甚至幻想已经听到金丝雀对自己的回应，大成的解释为“请不必为一切的结束而哭泣，

① 王蒙著：《笑的风》，作家出版社 2020 年版，第 265 页。

还是为了曾经有过，微笑吧”[①]，由一阵“笑的风”而迎来的人生历程在小说的终点处，即使大成不断地通过音乐、外语、金丝雀来填补自己生活的失落与空虚，但不能否认的是王蒙深受记忆的影响但已表达出精神与想象超越时空限制的可能。面对生活中沉重的抒情，王蒙反思了新旧婚姻、社会的发展进步、历史的书写与代价，对于生命中不断得到又不断失去的循环悖论，主人公傅大成栖身于一个“他者”的身份中延续着文学的生命，《笑的风》中王蒙以另一种陈述方式将其演变为一个永恒无限的游戏，在幻想的文学与真实世界中自由驰骋。

四、结语

王蒙的小说《笑的风》，借由“笑”的风脱去历史冰冷的外衣，对经验下的日常细节与微妙细腻的情感展开混合性描写，通过日常化、世俗化、生活化、自然化的写作方式，以一个近乎荒谬的标题阐释构建了一个虚幻且真实的空间。关于《笑的风》的小说题目，王蒙曾计划改为《假如生活欺骗了你》，并向广大网友征求意见，由此可以看出王蒙对于这部长篇小说的重视，在这个被构建起来的空间中，主人公傅大成接受了王蒙善意的馈赠与文本安排，并在生活中逐渐验证与反思着未来的一切可能。故事中的主人公傅大成始终

① 王蒙著：《笑的风》，作家出版社 2020 年版，第 265 页。

站在生命的两端前行，一条是小说中既定的命运，另一条则是王蒙在片段的线索中对回忆的叩问。看似对于爱情的纯粹书写，事实上折射出时代的巨大变迁以及时代下不同人物关于生活的悖论，在一种不断遗忘却始终依存的书写中反映出王蒙对于个体存在的身份合理性的怀疑，对历史脉络的触摸与证实既是追梦亦是筑梦，如《不朽》中阿涅丝对自己说的“存在：变成喷泉，在石头的承水盘中，如热雨一般倾泻而下”。

采访记录

王蒙关于《笑的风》答《中华读书报》

对多数读者来说，普希金的诗歌中，最熟悉的莫过于《假如生活欺骗了你》。可是读了王蒙的新长篇《笑的风》（作家出版社版）之后，才似乎对这首诗有了更深切的体会。

什么样的生活欺骗了你？假如欺骗了你，能否一笑而过？“笑的风”既符合小说主人公傅大成的个性，也符合王蒙的性情，有气势昂扬的斗志，也有云淡风轻的洒脱。小说既有横跨六十余年的时间跨度，又有从鱼鳖村到小镇到世界各地的空间跨度。既有宏阔的格局和视野，又承载了历史和现实的厚度，读来却很轻松，正是“重剑无锋，大巧不工”。

《笑的风》超越了《青春万岁》的激越，也超越了《活动变人形》的决绝，是对历史的抚摸和吟唱，更是清明和超越。评论家孟繁华认为，《笑的风》写的是时代之风，是作家心灵的自由之风。近日，《中华读书报》记者舒晋瑜与王蒙先生就《笑的风》展开问答。

问：《笑的风》看得特别过瘾。虽然并没有经历过，可是读来却感觉写得那么真实！爱情那么纯洁，傅大成是90年代的“陈世美”，抛弃发妻白甜美，追求所谓精神的契合，可是他后来对于发妻的思念、忏悔也令人感动；他对白甜美和子女的伤害，是不可原谅的，可是他对于爱情的理想主义，对于感情生活的不将就，又让人心生敬意。看完之后，就觉得他是作家里很具典型性的代表，他的又懦弱又勇敢的追求，又妥协又努力的挣扎，太丰富了！虽然您也在小说中提到“小说家最反感的事情是阅读人的对号入座”，但看完还是忍不住要问：这个人物有原型吗？写作《笑的风》的缘由是什么？

答：“五四”以来，有许多作品，讲封建包办的婚姻的不合理，追求自由恋爱为基础的婚姻，我深深为之感动。封建包办婚姻制度，是激起中国的反帝反封建反官僚资本主义的人民革命的根据之一。但我也看到，反掉了封建包办，爱情与婚姻仍然多种多样，千变万化，有各种幸福甜蜜，也有各种苦恼变数。爱情怎样才算成功美满？怎么会有种种遗憾？人的生老病死、喜怒哀乐，本来想进那间房子，结果进入了另一间房子，命运、感恩、忏悔、糊涂、赞叹、微醺……这不可能不引起文学的关切。

自由的恋爱与婚姻，仍然有与生俱来的各种故事，各种酸甜苦辣，各种性格命运，各种道德困惑与智慧死角，更何况处在一个飞速发展的时代、飞速变化的地域呢？

问：故事并不复杂，却以随处可见的各种时代符号，折射社会变迁。作为故事中出现的“王蒙”和讲故事的人，这种亲历的角色，是否使您对小说主人公多了一份关切和同情？您如何看待傅大成和他的爱情？

答：我的人生经历，年事，使我一写到什么人物、情节，各种历史与时代的浪花、记忆、感慨、怀恋、蹉跎像风雨雷电一样地迎面扑来。没有办法，傅大成被结婚是昨天的中国的痕迹，他太窝囊了，我也替他憋了一口永远为之痛惜的恶气。但以白甜美的特色，她完全有可能获得大成的相当一部分心。尤其在政治运动中，白氏带来的是当时可能的安稳的好日子。生一场病，傅大成的男女之情、共同儿女的双亲之情外又加上了感恩之情，叫作恩爱之情。然而，改革开放给了大成、甜美、阿龙、阿凤一家以新可能，新的机遇，新的要求，新的“得而后知未得，富而后憾贫瘠，学而后知不足，愈而后知有病”。这也是发展中的新挑战新问题新麻烦吧。而杜小鹃的“历史”也留下了后遗症。不多说了，请看小说。

问：作家是什么？小说中借白甜美的口，评价“作家神经、蒙人，作家折腾人、坑人，作家败家，作家靠不住，作家还得罪人。老是犯错误，找倒霉、受处分。有了什么来着，你们叫文学，就没有了好日子……”是否一定程度上也代表了您的观点？当了一辈子作家，您眼中的作家是什么？

答：当然，那不是我的观点。甜美是聪明杰出但终究缺少教育背景的新农民。我借机调侃一下，其实正反含义都有。横看成岭，纵成峰啊。

问：小说既有横跨六十余年的时间跨度，又有从鱼鳖村到小镇到世界各地的空间跨度。有这样的格局和视野，承载了历史和现实的厚度，读来却很轻松，真正是“重剑无锋，大巧不工”。写这部作品，对您来说很轻松吧？在小说技术上是否已不存在任何难度？比《人民文学》杂志多出的五万字，多在什么地方？

答：主要是傅大成与杜小鹃二人婚后的生活，改革开放后的种种，极感亲切，但绝非一帆风顺的一切。有什么办法呢？旧事难忘，新事难全，有得就有失，有亲就有疏，而生活又是大江东去，新潮荡漾，百态千姿，为它鼓一百次掌也不会觉得手痛，为它（为己）哭两场，也很自然。

问：《笑的风》的知识性无处不在，音乐、文学、政治甚至交通工具，您如何看待这些庞杂的知识在小说中的价值？还是仅仅是人物塑造的需要？

答：是构建这个特殊的改革开放、大大开眼、拓宽生命与精神空间的时代与文学世界的需要，是欢呼与温习我们的经验的需要，也是老头儿顺手一拨拉的结果。这是本书的一个特色。

问： 小说的大格局和大视野，自然与您的经历、胸襟、学养和见识等多方面有关，也与您举重若轻的驾驭有关。小说主人公是您熟悉的作家，且小说中出现了诸多我们熟悉的作家名字，包括陆文夫、邵燕祥、贾平凹以及天津大个子作家（一望而知是冯骥才）等等。写《笑的风》于您来说，还是相当轻松愉快的吧？

答： 我们经历了中国的太多的变化发展，世界的变化发展，对一个耄耋小说人来说，世界越来越小，历史越来越短，时代的符号俯拾即是。我自己也有符号性，我熟悉的人与事，我熟悉的日常生活吃喝拉撒睡，都有了极刻骨的文学性，既可以极大胆地据实写出背景来，又可以勇敢虚构畅想，构建下个大大地延伸了时间空间的新世界，新视野，新格局，新笔墨。对于一个小说人，他当然是其乐无穷啊！

问： 能谈谈白甜美吗？她是传统的包办婚姻中的受害者，可她本身是没错的，甚至是完美的女性。您对她饱含同情的关注，是否也有更多的隐喻？

答： 人，国人，农村中埋没了多少人才，谁说得清呢？我们是不是应该更勇敢地去奋斗，去创业，去恋爱，去劳动呢？我们可以不可以更珍惜、善待自己的生命，青春，机遇呢？我们是不是可以更充分地去面对改革开放带来的发展的平台呢？

问：《活动变人形》的主人公倪吾诚，留洋后接受了新式教育，他的精神世界醒了，但面对封建旧传统不知所措，在现实生活中的迷惘、挣扎、无力、失败；《笑的风》中的傅大成，参加五四青年节征文获奖，成为“青年农民秀才”，一路高中、大学、工作，成为知名作家，在包办婚姻之后，又经历了婚外恋、离婚、再婚与晚年的二度离婚。从倪吾诚到傅大成，对于知识分子的精神世界的探求，您有什么变化？

答：一个是中华民国的故事，一个是中华人民共和国的故事，有相同之处，更有不同处，当然。但又不是绝对的黑白比对，人生，爱情，家庭，毕竟不是通过简单的制度颠覆更迭来获得与创造一切的。

问：特别喜欢小说中出现的诗词。《只不过是想念你》《无法投递》等诗歌，都细细看了，还有大量现代诗词，都是您本人创作的吧？这些诗词，既符合人物性格特征，又丰满了小说的诗性。能谈谈您的诗歌吗？您的诗歌在小说中也是按捺不住出现的吗？

答：越来越受《红楼梦》的影响，那里头有多少诗词歌赋啊。陆文夫说过，王蒙首先是诗人，其次是小说人，哪怕他说这个话里也有对我的小说的不够纯然小说的遗憾，但诗情，是我写作的依据与享受、动力与生命。

问：小说中有一个没打开的包袱，我一直很想知道杜小鹃和廉方正之间，到底是怎样的关系。您能给我开小灶解释一下吗？

答：天机不可泄露，卖点关子吧，您爱咋分析就咋分析吧。

问：《笑的风》是一次充满激情的写作，"笑的风"寓意丰富，您说过可以理解为"风送来的笑声，也可以说风笑了，也可以说笑乘风来，也可以说风本身是笑的"，但总体上，也是青春和爱情的写作。《青春万岁》之后的六十六年，您书写爱情依然这么富有激情、充满浪漫主义。您觉得自己是怎样的诗人（或作家）？

答：是还没有过世的作家，是还活着的作家，是活得写得有滋有味的小说人，是对一切趣味盎然的那个王蒙。

问：有人说获奖对作家来说是一种挑战。可是您获得茅盾文学奖之后，创作状态依然活力四射。您的创作出现过什么变化吗？或者说，您的创作变化一般与什么有关？

答：得各种奖都是快乐的，包括国内外的奖，我还在俄罗斯、澳门、日本的大学里获得了博士学位，也不亦乐乎，但对创作影响是零。同一时期，写不同的题材体裁，笔墨也不一样。生活经验多了，见识多了，写起来更加来劲，要写的内容乘着笑的大风（至少是五级）干脆滚滚而压上来了。

（原载《中华读书报》2020年6月17日第11版）

王蒙关于《笑的风》答人民网

问：您近日出版的小说《笑的风》时间跨度从上世纪50年代至今，给读者留有很多解读空间。在写作之初，您想通过这部小说表达哪些观点和感受？

答：小说的启动是一个爱情与婚姻的故事，在中国现当代的巨变与发展当中，个人的与家庭的命运，与时代（也许甚至于可以说是与年代），与历史，与社会，与传统与创新突破，是分不开的，它甚至于也可以算历史小说呢。

问：主人公傅大成上高中时因一首诗《笑的风》走上文学创作之路，怎么理解“笑的风”？它在小说中有哪些寓意？

答：是爱情与青春，是新生活新诱惑，是生活的缤纷，是越来越多的可能与起动。还有飘荡与起伏。

问：我注意到文中有大量时代标志性信息，可以说是借普通人的命运起伏盘点中国近七十载风云际会。在岁月的变幻中，您和主人公傅大成对文学和婚恋有哪些同样的感悟？

答：我的婚恋方面的经历，与书里的主人公几乎是风马牛不相及。但我们都很重视婚恋家庭。作品中有一句话其实是我本人发明的：“爱妻主义”。

问：在您出版的众多书籍中，哪些书籍的写作心路给您留下深刻印象？可否与我们分享一下当时的感受？

答：忒多了。可以说的是新作《笑的风》，写得我神魂颠倒。

问：您目前正在写、打算写些什么题材的书？除了生活经验外，您如何为创作注入新的灵感与素材？

答：我正在忙的是一本或两本谈荀子的书。小说创作也跃跃欲试。

问：多年来，您一直保持着旺盛的创作力，能跟我们分享下笔耕不辍的秘诀吗？

答：兴趣广泛，关注广泛，一写小说，每个细胞都在跳跃，每根神经都在抖擞。

问：随着互联网的发展，网络文学逐渐获得年轻人的喜爱。您如何看待网络文学？在年轻一代如何阅读、写作方面，您有何建议？

答：我理论上从来都支持网络文学，同时殷切地希望提升网络作品的文学、思想、语言品质。

问：回首六七十年的文学生涯，您如何看待作家的责任和使命？

答：鲁迅是我以我血荐轩辕，我们至少是我以我笔荐轩辕吧。读什么书，做什么人，关系很大。

（采访：人民网郭千华）

王蒙关于《笑的风》答中国新闻网

问：这次出版的《笑的风》，其中依然写到了爱情。想请问您，这次写爱情的角度或者说表现手法，跟之前的作品有哪些不同？或者说您是怎么来构思这部书的？

答：通过个人故事，婚恋家庭的特殊命运，爱恋情仇的情节写历史，写地理，写人生，写社会，写价值观、人生观、世界观的冲撞与整合，这是文学，这是《红楼梦》直到《茶花女》与《安娜·卡列尼娜》的传统，这是耄耋作者的家底。

问：这部书的书名很富有诗意，这个名字的由来有没有故事？在全书中，写到了不少人物，您自己塑造得最满意的是哪一个？为什么？

答：我有一系列三字名的作品：《夜的眼》《海的梦》《春之声》《深的湖》《秋之雾》。还有，我极喜欢苏联电影《格兰特船长的儿女》的插曲：《快乐的风》。

喜欢白甜美。你也会喜欢的，我想。

问：这部书出版后，据说是比第一次刊登时增加了五万字的内容，您能不能简单透露下，您是如何做出这种修改的？增加的内容主要涉及哪些方面？

答：这是我写作史上的第一次，中篇版《笑的风》发表后，恰逢疫情宅在家中，自己的中篇新作完全把自己迷住了，难解难分，难离难舍，如歌如梦，如醉如痴。越修理越大发，比夏天写中篇稿时还疯还热，于是它成了现在的十三万字的长篇新作。

问：读者们都能感觉到，包括《笑的风》在内，您这些年在作品方面一直比较高产，在该书的跋中您也写道，“不写出来，岂不是白活了？”您是如何保持这种旺盛创作力的？有没有秘诀？

答：爱生活，爱家国，爱世界，爱文学，爱语言，爱每一棵草与每一朵花、每一只小鸟，爱你我他，当然，更有她。保持热乎乎的生活态度。永远抱着希望，活得更好，写得更好。

问：我们都知道，您有一个“高龄少年”的昵称，大家都觉着您非常的时髦、新潮，愿意尝试新鲜事物。现在除了写作之外，您平时的生活怎么安排？还会继续写作吗？

答：锻炼身体，笔耕不辍，每天写作 5 小时，走步 90 分钟，唱歌 45 分钟。

（采访：中国新闻网上官云）

王蒙关于《笑的风》答《中国青年报》

问： 86岁创作一部长篇小说，写一个人从年轻到耄耋之年的一生，其中会不会折射自己的人生？

答： 一小部分，会有，但主人公的经历与我距离太大了。

问： 您说一切获得都有另一面的失落，那对您来说，人生到现在最大的获得是什么，因此又失落了什么？

答： 数十年生聚，数十年经验教训，数十年大变化大发展。党和国家的大事业，八十五六年的光阴凝结了我的50卷文集。失去了快马而过的80多年光阴了，告别了那么多亲朋故知、师长同伴……

问： 您觉得好的婚姻应该是怎样的？

答： 托尔斯泰说幸福的家庭是一样的，不幸的家庭，各有各的不幸。未必。我的一个侄子说，看了《笑的风》，他觉得傅大成与白甜美、与杜小鹃，组成的家庭都是幸福的，麻烦在于他的一身而二任。

问：很多读者对您的印象是从《青春万岁》开始的，几十年过去了，您觉得作为作家，如果写年轻人，您还能把握住现代年轻人的精神风貌吗？

答：够呛，不敢吹，也不敢不战而降。

问：同样是写上世纪50年代的年轻人，过去写和现在写，会有什么不同？

答：当然不一样的。19岁与回首19岁，能一个样吗？回首大发了，脖子够费劲的啦。

问：《笑的风》的目标读者是什么群体？会不会担心现在的年轻人不爱看这样的小说了？

答：且看看再说，干吗担心呢？书的命，要看当下，也要看长远。

（采访：《中国青年报》蒋肖斌）

王蒙关于《笑的风》答《北京青年报》

问：您透露，《笑的风》在《人民文学》发表后，出现了一个在您的写作史上前所未有的情况，“发表与选载后的小说，把我自己迷上了，抓住了”。请您具体讲述一下是什么把您迷上了，抓住了，您后来补充的五万字，主要是哪些部分呢？对于现在的《笑的风》，您是否认为是个人最好的一本小说呢？

答：一大部分是傅大成二次婚姻后的感情经历。一小部分是毛茸茸的生活与情趣。是我非常喜欢的一部。写得神魂颠倒，如醉如痴，细胞跳跃，神经嘚瑟。

问：您是什么时候有了创作《笑的风》的念头？创作初衷是什么？有故事原型吗？

答：我知道不止一个为摆脱包办婚姻的遗产而苦斗，斗得惨胜而最后仍然不成功的故事。通过个人故事，婚恋家庭的特殊命运，爱恋情仇的情节写历史，写地理，写人生，写社会，写价值观、人生观、世界观的冲撞与整合，这是文学，这是《红楼梦》直到《茶花女》与《安娜·卡列尼娜》的传统，这是耄耋作者的家底。

问：请讲下疫情期间您的生活。

答：每天写作五小时。走步一个半小时。唱歌四十五分钟。看电视三个小时。

问：请讲下您未来的写作计划，您的创作激情和灵感是如何保持的？

答：一个是热爱，一个是兴趣，一个是活力。

问：请问您是如何保持“少年感”的？

答：抱着学习的态度，欣赏的态度，关心的态度看待世界、人生、人。

（采访：《北京青年报》张嘉）

王蒙关于《笑的风》答《人民日报海外版》

问： 小说名为《笑的风》，缘于傅大成 1958 年春夜由一种奇异的感受创作而成的一首诗。以此作为标题，您当时有什么考虑和寓意？

答： 是爱情与青春，是新生活新诱惑，是生活的缤纷，是越来越多的可能与起动。

问： 小说延续了您以往创作的《活动变人形》等作品一如既往地对知识分子生活和精神状况的关切，您眼中，傅大成这类在 60 年代进入大学的知识分子具有哪些特点？小说意在哪些方面对这类知识分子的代际特点进行揭示？

答： 在他们身上，有旧世界的遗留，有迅速的发展带来的狂喜与困惑，与多种的可能与选择的激烈，有各自的小说一样的故事。他们的生活不乏热烈与变化。

问：《笑的风》给人印象深刻的还有对爱情、婚姻、文学关系的探讨，傅大成与白甜美、杜小鹃的两段婚姻是否可以看作包办与自由恋爱两种婚姻模式的代表？《我们夫妇之间》中，同样表现了傅大成与白甜美之间存在的问题，这是不是我们永远需要面对的问题？从婚恋角度看《笑的风》，您认为傅大成还有更好的选择吗？

答：我答复不上来，只能请读者发声。

问：小说中，傅大成游历了北京、上海、西柏林等地，甚至后来在北京居住生活，从城市想象与文学的全球化想象视角来看，您认为对这些经历的描写对小说人物塑造有哪些作用？表现空间的拓展，对文学创作有什么意义？

答：是空间的拓展，是时间延伸，是时间与空间，现代与前现代乃至一点点后现代的互动与混淆，总而言之，是非常小说的小说。

问：小说故事从1958年延续到今天，几乎贯穿了中国现代史，您在时间选择上有什么考量？

答：不考量，一敲键盘历史就过来了。虽然是从1958年开始写的。但时间感应该更长，如包办婚姻，侵华战争，两个德国，回溯与回忆等。时间与空间，都是小说故事的重大因素。

问：小说中有一些您自创的诗文、散曲，也有书信体的插入，这些内容体现了您对小说形式的哪些追求？

答：一个是受中国小说传统的影响，例如《红楼梦》，这一类叙而加赞，加诗词歌赋的地方多了。一个也是受中国评书、说书手段的影响，给以继承与突破。

问：小说中有不少诸子百家的经典名句和古诗文，是否与您之前一段时间潜心研究古代经典有关？

答：当然，也与小说、人物的文化语境关系重大，甚至也是时代特色与语境背景。

问：《笑的风》给人的阅读感受是气势强劲、一气呵成，甚至很多句子不用标点，词语的排比有无穷尽之感，不像春风，而像排闼而来的大风。您在创作过程中对小说语言有着怎样的主观追求？是否和我们阅读的感受一样，创作时有无数词句奔涌而出？

答：意在笔先，情在意中，写起来如火如荼，如潮如浪，难以自已。

（采访：《人民日报海外版》张鹏禹）

文学的风

深度对谈

你追求了什么?

——关于长篇小说《笑的风》的对话

王 蒙 单三娅

王蒙先生与新中国共同成长，参与、见证中国当代文学的发展之路，推动文学事业的繁荣，是当之无愧的“人民艺术家”。他总是激情在怀，以文学为武器，去攻克一个个艺术的堡垒，写就一部接着一部的文学作品，是文学上的“马拉松选手”。今年86岁高龄的他，新近出版了长篇小说《笑的风》，在评论家看来，整部作品写得自由与潇洒，悠游与从容，“其史诗性美学品格、开放的文本结构，以及对时代、历史、人性等宏大命题的哲学思考，都堪称向中国小说传统的一次回望和‘返本’”。围绕这部小说的创作缘起、酝酿过程、创作理念、风格特点、语言追求等话题，王蒙先生夫人、《光明日报》原高级记者单三娅女士和他展开深入对话。本版今日全文刊出，敬请关注。

（原编者按）

一、写不出大时间、大空间、大变化的小说，怎么对得起吾国吾民

单三娅：作为一个86岁的写作人，你这次又发挥了优势，《笑的风》竖跨60年，横扫大半球，让人一路回顾感慨。从主人公傅大成、白甜美、杜小鹃的爱情，从家庭婚姻角度来看中国、看世界，或者反之，这个视角你在《生死恋》里也尝试过，这次又发挥到淋漓尽致。

王蒙：历史的成果是有代价的，新生活的兴高采烈的另一面，是老习惯老家当老念想的失落。小说人会全面细腻地温习与咀嚼我们的生活进程。起笔时线条较单一，写起来以后，才越来越明白我的故事有多大的潜力。活生生的生活，正在成为历史，成为“故”事。它吸引了我，引领了我，小说的格局扩大着，运用了年事高者的全部优势，各种记忆、经验、信息、感慨，全来了。

我努力去接农村的地气，大城市的牛气，还有全世界的大气、洋气、怪气，更要让这些材料通气：通上新时代、新时期、历史机遇、飞跃发展、全面小康、创业维艰、焕然一新、现代乃至后现代的种种。我们所经历的最有趣、最热闹、最难忘，也没少发愁的一切的一切。所有的日子，所有的兴奋，所有的困惑，所有的艰难，所有的获得与失落，所有的挑战与和解，都来了，都在那里开锅沸腾，都在这里聚集、冲突、选择，拼出一脉风光……写不出大时间、大空

间、大变化的小说来，怎么对得起师友读者？怎么对得起吾国吾民、此时此代？

单三娅：你这是一种风格，大时代大背景。也还有其他路数，而且似乎越来越普遍，就是地域化的写作。有的作者喜欢完全抹去时代，有的作者弱化大背景，也不能不说写出了时代的一种风貌。

王蒙：地域特点在一部分作家中很重要，比如老舍、赵树理、福克纳、果戈理。在另一些作家中则视具体作品而异，如巴金的《激流三部曲》并不突出四川或者某个地理环境，鲁迅的《阿Q正传》有显然的浙江绍兴吴越特色，但是更重要十倍的特色不在地域，而在中国，在国民性。托尔斯泰的《哈泽·穆拉特》当然极富地方特色，但他的三部巨著并非如此。我的《这边风景》干脆是新疆伊犁特色，《活动变人形》甚至还有河北沧州味儿，而《笑的风》中鱼鳖村不无东北特色，Z城是边疆小城特色，然后至少还写到了京、沪、穗与当年的欧洲。地域特色，也可以是多点的地球村特色。《笑的风》的特色在于其广阔性、全球化，这样的视野与写法，是改革开放的产物。世界大不一样了，中国大不一样了，文学描写的疆域怎能没有拓展呢？

二、生活的符号、历史的符号令人怀念，钟情无限

单三娅：《笑的风》读下来，有几个递进。第一章至第

七章，主人公傅大成在日军占领下的东北出生，“大跃进”时代上了高中、娶妻生子，大学时期已为人父，改革开放初期成了著名作家。第八章至第十五章，傅作家遇到文学知音杜小鹃，他们乘改革开放之风驰骋于中外文坛，这段信息叠加，目不暇接。第十六章到第十八章，写的是傅白婚姻的转折，从犹豫不决到庭审、闹婚、离婚，可以看出这是你下笔最痛快淋漓的篇章，有思辨，有紧张度，把想辩护的想抨击的想唾弃的都倒出来了。后十一章，二次婚姻走向淡漠，傅大成走向老年，陷入回顾与反思。他甚至像一个旁观者这样来总结自己的过往：“对不起，所有哭天抹泪、怨天尤人的家伙那里，有几个人配说自己的生活是悲剧呢？不是丑剧闹剧已经难能了。”“请把陈旧的大成、甜美、小鹃的爱情悲欢，让位给新新人类的故事吧。”……从这些段落，我不知怎么咀嚼出作者你自己内心深处的一种过客感、匆匆感。

王蒙：近一二百年，中国是个赶紧向前走的国家，好像是在补几千年超稳定带来的发展欠缺的债。停滞是痛苦与颓丧的，超速发展也引起了种种病症。所以傅大成患了晕眩症，我们的社会也患上了浮躁症，20 世纪 80 年代已经有所谓“各领风骚”三五天的戏言。傅大成回忆过去，有了一种已无需多言的感觉，这就是一代一代的递进。后浪推着前浪，历史不断前行；当新的后浪追过来了，于是后浪又成了前浪；每个人都是后浪，也都成了前浪。“此情可待成追忆，只是当时已惘然。”每当写作的时候，我不是只追忆他人的沧桑，也惘然于自己的必然沧桑啊！正因为是匆匆过客，才不愿意放过。

单三娅：现代性是你在写作中一直探讨的一个话题，《活动变人形》中就有涉及，后来《生死恋》就更加明晰，而且大多是从恋爱婚姻这个角度来谈的。现代化这个课题，中国人实践了百多年，讨论了百多年，思想家、作家也大声疾呼了百多年，到现在，在谈论恋爱婚姻时还需要讨论这个话题吗？或者说，傅大成、杜小鹃们的选择不是相对自由的吗？他们幸福了、失落了、悲剧了，难道不是他们自己选择的结果吗？

王蒙：作为一个古老、自足、曾经自信、当真具有博大精深的文化传统、又尝够了近现代落后挨打滋味，直到如孙中山所说的面临“亡国灭种”的危难的中国，怎样既维护民族的传统，又实现创造性转化与创新性发展，成为一个有中国特色的现代国家，这一直是1840年以来，国家民族家庭个人，从领袖志士到知识界到人民大众所面临的中心课题。这不仅是发展学、社会学、政治经济学与科学技术的重大命题，而且包含了老老少少、男男女女、城城乡乡的追求与发展、成功与失败、梦想与现实，改变了不知多少人、多少家庭的命运，应该写出多少小说来啊！

小说小说，特色以小见大。中国文化认为家庭是社会的细胞，齐家是从正心修身到治国平天下的桥梁。《笑的风》的最初构思，来自一个婚恋的否定之否定的未终结故事，而一写起来，时代、沧桑、变化、再变化、欣喜、困惑、期盼、失落、奋进、发展……迎面扑来，汹涌澎湃。既个人，又社会；既琐屑，又巨大；既欢欣，又两难。得而后知不得，富而后知未足，摆脱之后知空荡，二度青春之后知世事维艰。写傅大成、白甜美、杜小鹃之间的婚恋纠葛，更要写鱼鳖村、Z 城、京、沪、穗；写 30 年代与当时的流行歌曲，还要写欧洲，包括希腊、爱尔兰、匈牙利；写到二战与柏林墙、东西德、苏联与社会主义阵营，也写到史翠珊的名曲《回首当年》，还有交响乐与克拉拉的爱情，以及中国作家会见当代联邦德国作家君特·格拉斯的情景。从 60 年代、十一届三中全会，一直写到 2019 年。

单三娅：你这么一说，我就明白了。读的时候，老觉得你扯得太远，有显摆之嫌。这么说，那些人名、事件、歌曲，都是某个时代的符号，是历史印记，公认的，只要一提起来，那个时代也就呈现出来了。你的人物，总是在大时代中。

我们都是从改革开放一路走过来的。记得 1988 年我第一次去到世界上最发达的国家，当时的感觉是处处不如人。这几十年的中国，身在其中觉得是渐变，回首却发现其实是突变。历史长河一瞬间，地球上十几亿人口的大国命运，就翻天覆地地变了。改革开放初期，一首歌曲，就能引起争议，一场与科威特的足球赛，都是国人最大的兴奋点，更不要说你写到的傅大成采访咱们女排第一次获得世界冠军了。有些人红过之后归隐了，有些事轰动之后平息了，可是在书中一回放，哪怕只是些许片段，都让人想笑想哭。我感觉你又一次在挽留时代，就像当年写《青春万岁》一样。只要你生活过，你就不会放过！你用那么多篇幅写到外国，提到东德总理格罗提渥，回溯匈牙利事件、著名马克思主义学者卢卡契，现在的青年人已经不大知道这些名字了。看似闲笔，流露了你对于历史的多情回忆。

王蒙：当然。有人强调文学与时代政治背景不相容，有人说王蒙太政治。但这就是我。生活的符号、历史的符号令我怀念，钟情无限。这比显摆不显摆重要一百倍。

20 世纪的中国，政治、历史、时代、爱国救亡、人民革命、抗美援朝、社会主义、改革开放，在社会大变动中，家庭个人，能不受到浸染吗？能不呈现拐点、提供种种命运和故事情节吗？杯水风波、小桥流水、偏居一隅，可以写，当然；但同时写了大江东去、逝者如斯、风云飞扬、日行千里的男女主人公，为此，难道有谦逊退让的必要吗？

三、要在小说中念叨念叨她们，这是小说人的良心

单三娅：你从来都是一个为女性说话的人，甚至有年轻作家说，你是她“见过的从‘五四’到现在最彻底的女权主义者”。《笑的风》里，你倾注了一贯的这种情感，把没有文化的白甜美写得有能力、有气度、有眼光，有在大潮中弄潮的一切本事，唯一搞不定的却是她的男人傅大成，她用多

么惊人的业绩也换不来傅大成安分的心。你的立场、感情显然是倾注在白甜美一边的。但是对于杜小鹃，同样是女性，她充其量就是破坏了白甜美的婚姻，而这个过程中她还不断在纠结，最后又放走了傅大成，她还有优雅知性的一面。她也同样有情感的需要，你却没有给她那么多的同情。是不是因为她是插足者、打破者？可不可以说，这表明你还是一个现有婚姻秩序的维护者？或者说是弱者的同情者？

王蒙：可以说我对白甜美是喜爱的，但我对杜小鹃也充满了正面的情愫，写作中并没有陷入二者择一的苦恼。怎么办更好呢？我答不上来，人类也还没有做出万无一失的答案。一夫一妻的婚姻制度是人类文明的成果。傅大成只能在白甜美与杜小鹃之间选择一个，没有一个万全的办法。小说的意义不在于解套有术，但是可以告诉读者：要爱你的妻儿老小配偶，要同情和体贴他们。我从来提倡“爱妻主义”，当然也讲“爱夫主义”，这包含着责任感。你有权利追求个人的幸福，你也有对家庭成员、亲人的责任。至少要明白，你带给对方的痛苦，恰恰就是对你自己的伤害，就是杜小鹃诗里写下的“报应”。人生不满百，不要伤害谁，想想未负心，耄耋犹安慰。

我其实是同情所有百多年来中国现代化进程中付出了终生代价的妇女们，我想着她们。我特别同情那些原来被包办嫁给某个男性、生儿育女的女性，两代男性人物融入时代大潮，甩掉了封建包办婚姻的包袱，有的还成为高士名家要人，他们的“原配”与“亲娘”女性倒成为封建符号，而她们自己只能向隅而泣。她们当中有我的母辈，还有白甜美这样的姐妹。但不等于我要为封建婚姻唱赞歌，我也没有阻止她们的原配丈夫建立新生活的意思。只是说，现代化是要付出代价的，会把处于旧轨道上的同胞尤其是女同胞甩将出来，许多女性承受了痛苦，被作出了奉献。我要在我的小说中念叨念叨她们，这是小说人的良心。

无论如何，杜小鹃赶上了新时代新潮流，她本人受过良好教育，充满文化自信。我的一位朋友说，在婚恋分裂中杜小鹃胜白甜美是“胜之不武”。好了，有这句话，小说作者就可以祭白氏的亡灵，包括为她那样的同命运人物，洒一掬同情之泪了！白甜美个人材料极佳，但在家里她充满文化自卑，我同情。我还要强调，杜小鹃是善良的，她的名诗与唱词是“要不，你还是回去吧”，这的确是她心里有过的一种想法，绝无虚伪，但与此同时，她又确实毁了白甜美的家。有什么办法呢？这就是生活啊。

单三娅：我想，对于这些最弱势女性的痛切的同情，最早在你心里种下种子的，应该是你的母亲、姨妈和姥姥的痛苦经历，她们是你在长篇小说《活动变人形》里三位主要女性的原型。但是在《笑的风》里，你不愿意让你的女主人公那么悲惨，而且要为她扬眉吐气。所以白甜美虽然被迫离婚，但因为能够与时俱进，她的命运并不悲惨，经济独立、社会承认、儿女孝顺，她活得相当精彩了！

王蒙：她们确实是弱势个体。对几千年的封建包办，不唱赞歌，但也不等于向昨天前天望去，只有痛斥和冷漠，那也得算是历史虚无主义！现代生活中，仍有父母干涉子女，子女干涉父母，传统的疤痕加上了现代的尴尬。对了，咱们从央视法治频道上，看到了多少与婚恋有关的刑事案件，金钱、门第、交易、欺诈，我们能仅仅是冷眼旁观，甚至是看热闹吗？我们也许难以从家庭维护与司法、民政的角度施以援手，但至少可以在小说里说几句温暖的、体贴的话。对传统，有一点挽歌风，应该是可能的，也许是必要的。

四、大浪是水滴构成的，水滴的情态千差万别

单三娅：咱们回到一个永远也说不清、写不完的话题，就是个人与历史的关系。如果把个人比作水滴，把历史比作大浪，那么从现象来看，水滴只能随大浪涌动。而文学家们，却总是想把那一滴滴的水珠打捞上来，审视、掂量、诉说，告诉人们，它们被忽略了、淹没了、歪曲了、改变了，有些文学写作甚至使人怀疑历史的方向。文学的这类关注确实重要，尤其是在越来越关注个体生命的现代文明社会，文学打捞出更多的历史侧面、个人命运，功不可没。但是，“纵化大浪中，不喜亦不惧”。历史滚滚向前，说无情一点不假。你是所谓的“和解”派，这种“和解”意味着什么呢？这是我们应该主动选择还是被动接受的呢？正如你在书中所

问："人生是谁的构思呢？"这个"谁"是内在的还是外在的？是异己的还是自己的？是人自己决定的，还是历史替他决定的？

王蒙： 大浪大潮决定方向，所以当然，傅大成与杜小鹃，白甜美与老郑，他们的命运离不开中国的社会主义现代化、中国的改革开放发展。大成与小鹃的成就、名声、婚恋、游历，是一代中国知识分子命运的例证。他们并没有在大浪潮中被忽略、被委屈，他们即使不算弄潮儿也得算冲浪者，是勇者与泳者，是经历者、书写者、歌唱者与见证者。

而同时，个人的命运、个人的特殊遭遇，也提供了许多叫人嗟叹、叫人同感、叫人顿足，又叫人喝彩的故事与细节。这些又与他们个人的出身、处境、性格有关。大浪的伟大在于它构建了一滴滴水珠的命运，它让鱼鳖村的傅家有了新的气象，而且傅大成还要更高的追求，还要追求新的事业与新的情感契合。历史的迅速发展为难了白甜美这样包办婚姻的"残余妻室"，但同时她是社会激流中拼搏奋斗的佼佼者。

大浪也是水滴构成的，而水滴的情态千差万别。爱情婚恋的悲欢离合并非全部由社会制度婚姻习俗决定。自由的、富裕的、现代性充分的人，照样会有失败的婚恋家庭生活。文学关心到这一层面，对历史是一种补充，对每个人的品性与选择，是一种审视与掬诚相告。

单三娅： 你说得没错。大浪和水珠，个人与时代，单独拿出，各说各事，都有其理，但显然还都不是本质与全面，或者说还不够全面丰富。所以不可截然分开。我赞成把个人命运放到历史大潮之中，当水珠融进了大浪，它的沉浮，也就有了原动力和大意义。

王蒙：这个问题有时牵涉对文学作品的评价，这是由写作人和读者双方共同完成的。比如说《红楼梦》，胡适从中看到的是“自然主义”“琐屑”，他认为宝玉衔玉而生，证明曹雪芹没有受过良好的教育，他还认为《红楼梦》比不上《儒林外史》。冰心告诉我，她年轻时，深受甲午战争的刺激，所以不爱读《红楼梦》，她喜欢读的是救亡与尚武的书。

高明的作者也许不直接写大时代。毛泽东说《红楼梦》是写阶级斗争的，是四大家族的兴亡史。他还说过，中国地大物博，人口众多，历史悠久，在文学上有部《红楼梦》。那么，《红楼梦》究竟是写了大浪还是写了水滴呢？

历史大潮是强大的，鱼龙混杂、泥沙俱下、一刀切。铭心刻骨的与具有深远活力的文学，往往是让你在大浪中看得到、关怀到的滴滴水珠的情态；是能从水珠的轨迹中感受山雨欲来、大浪滔天。是“于无声处听惊雷”，还是从挤出的眼泪里看到某种无病呻吟？有种种层次的文学，也有远远突破了文学小壳子的涛声滚滚、雷声轰轰，还有“我以我血荐轩辕”。

五、让内心的磅礴激情变成语言的火山

单三娅：你的独特的王蒙式的语言风格，已有许多论者叙述过，我就不重复了。但是从你这几年的小说写作风格看，似乎在喷薄的语言之中，越来越多地夹带作者自己直接的感受，有时简直分不清是人物的心理活动还是你作者自己的心理活动？是人物的发问还是你作者自己在发问？人称的转换也是随时随地、不受限制，有时简直分不清是褒是贬，是庄是谐，是他（她）是你。好像各色人等，都急着挤着要从一个小门里出来。你给了自己更多的语言上的松绑，颠覆了教科书的规范。

王蒙：这里最大的动力是激情。包括回忆与想象之情、感慨与爱憎之情、改天换地之情，也有留恋之情、珍重之情、嗟叹之情、梦想与追求之情、倾诉与歌唱之情。过去的七八十年，尤其是近三四十年，当回忆的触角触到了仍然生动、仍然鲜活、仍然亲切的往人往事的时候，我就心情激动。经过的一切，那么伟大，那么艰难，那么争论，那么嘶哑，又那么“不争论”地干起来再说，错了再改。我们是那样抢得了先机，那么急忙，那么追赶，有时候又是那样窘迫。所有的故事，包括高亢兴奋与沮丧无奈，哪个故事不够我们喝一壶的？有多少梦想变成了现实？又有多少新的考验在等待着我们？

对一个小说人、文学人来说，我们能不表现这样的激

情于一二吗？又怎么可能不把这种激情变成语言火山喷薄爆发，变成语言巨浪冲决闸门呢？生活的激情、人间的激情、历史的激情、社会的激情，包括今年抗疫的激情，推动着小说人。我们没有作出更直接的贡献，难道在这样的人物与故事日新辈出的时代，还不好好写出几篇小说吗？

但类似《生死恋》与《笑的风》的语言爆炸的写法，并不是我的唯一。我是有几套笔墨的，比如《尴尬风流》，比如《青春万岁》，比如《这边风景》，都是另外的路子。《生死恋》与《笑的风》，也反映了某些老年写作的特点，好像急于诉说点什么：回忆、联想、念头，风风雨雨、电闪雷鸣般地涌来，信息库存膨胀着，写起来左右逢源，揽月捉鳖，天花乱坠，八面来风，太幸福了！当然，不可能老这样，也许下一篇老僧入定，拙朴简洁。谁知道呢？

六、一代代的中国人将生活得更加清醒、自如

单三娅： 再说说生活与个人的关系。《笑的风》中，说得最多的一句话是“假如生活欺骗了你”。正说也罢，调侃也罢，人们常常用普希金的这句译诗来自怨自艾，有时是顾影自怜，有时是自我安慰。但是生活，真的会欺骗人吗？以傅大成为例，他不是从生活中得到了许多吗？为什么又觉得受了欺骗呢？

王蒙： 诗人自有诗人的气质和角度，诗是好诗，诗句

动人，但未必科学，权且自我安慰。对于这个问题，我在书中已有回答。当傅大成回顾自己人生时，他对自己说，生活又如何可能欺骗自己呢？是自己常常过高估计了自己，那不是自己在欺骗自己吗？人生有高有低，有喜有悲，有聚有散，有兴有灭。你能不承认你不喜欢的一切吗？你能从不仅是正面的而且是侧面的反面的一切中，认识人生的魅力与庄重，也认识历史吗？

在书的结尾我们看到，傅大成对自己的过往有了忏悔，有了思考，他必须接受所有的后果，几十年的一切得失，终于成为他人生财富的全部，这就是我的态度。当人们悔恨时、掌握命运力不从心时，常常会发出“假如生活欺骗了你”这样的感慨。但说欺骗也罢，生活也注定恩惠了你、抚慰了你。

单三娅：改革开放是中国的一个非常特殊的历史时期，十年动乱结束之后，赶超世界。正如你所说，“这是一个突然明白了那么多，又增加了那么多新的困惑与苦恼的时代”。现在看来，这几十年的机会我们抓住了，中国到达了一个新的高度，中国人的眼界视野角度都不是几十年前了，中国人的自省性、自律性、自愈性、自信心都比过去高了。你也暗示，后面一代代的中国人将生活得更加清醒而且自如。这让人想到，一个古老宏大的民族，经过改革开放以后这四十余年的发展，更加成长了成熟了。这么一分析，小小长篇小说《笑的风》，它的含意还有点挖掘头儿呢。

王蒙：《青春万岁》那段历史，是我放不下的，改革开放这段历史，更是挥之不去的。它的浓缩，它的醇厚，它的深刻，举世震惊，改变了中国和世界。傅大成们从弯路和挫折中学习了、明白了许多，我们的人民淡定了、沉稳了许多。不是吗？形势的发展教育了我们，我们也教育了自己。热泪、恋惜、对错，历史、生活、时代，为我们提供了多少文学艺术作品的契机，正是从这个意义上，曹丕说："盖文章，经国之大业，不朽之盛事。"

（原载《光明日报》2020 年 6 月 10 日第 14 版）

图书在版编目（CIP）数据

生命与时代的交响：王蒙《笑的风》评论集 / 温奉桥编. -- 北京：作家出版社，2021.5

ISBN 978-7-5212-1399-7

Ⅰ. ①生…　Ⅱ. ①温…　Ⅲ. ①长篇小说 - 小说评论 - 中国 - 当代 - 文集　Ⅳ. ①I207.425-53

中国版本图书馆 CIP 数据核字（2021）第 066147 号

生命与时代的交响：王蒙《笑的风》评论集

编　　者：温奉桥
责任编辑：袁艺方
装帧设计：|合|和|工作室 · 蒋艳
出版发行：作家出版社有限公司
社　　址：北京农展馆南里 10 号　　**邮　　编**：100125
电话传真：86-10-65067186（发行中心及邮购部）
86-10-65004079（总编室）
E-mail: zuojia@zuojia.net.cn
http: //www.zuojiachubanshe.com
印　　刷：唐山嘉德印刷有限公司
成品尺寸：142×210
字　　数：150 千
印　　张：8
版　　次：2021 年 5 月第 1 版
印　　次：2021 年 5 月第 1 次印刷
ISBN 978-7-5212-1399-7
定　　价：38.00 元